飄

是愛了生活的時間

長大
是慢了回家的時間

你走慢了我的時間

故事貿易公司
張西——著

suncolor 三采文化

contents

目錄

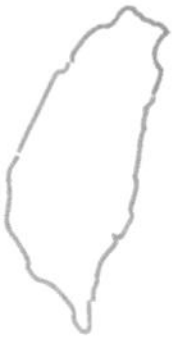

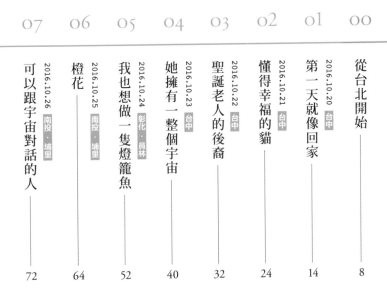

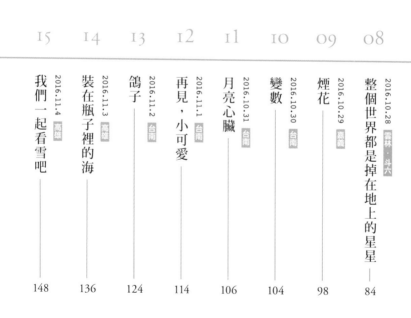

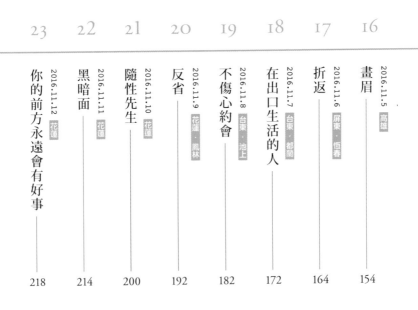

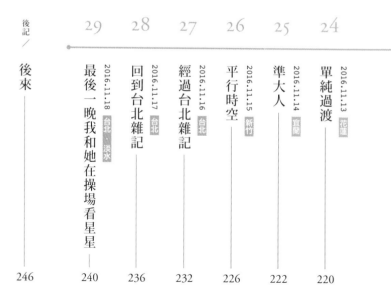

旅客要在每個生人門口敲叩，才能敲到自己的家門，人要在外面到處漂流，最後才能走到最深的內殿。

The traveller has to knock at every alien door to come to his own, and one has to wander through all the outer worlds to reach the innermost shrine at the end.

—— 泰戈爾

00

從台北開始

十年，在我以為的最多的可能性裡，
我卻逐漸地失去了尋找可能性的動力。

「妳為什麼一定要當台北人呢？」

我拿著電話，感覺得到她很努力地忍住情緒，但仍咬牙切齒，像是一種看見自己被背叛的憤怒。

「我沒有一定要當台北人。」我說，用很平靜很平靜的口吻。眼淚卻掉了下來。台北，好複雜的兩個字。一切的混亂就是從這裡開始的，甚至是直到最後都沒有被撫平。

「妳離不開台北，妳沒有辦法去別的城市生活。」她繼續說。雖然語氣緩和了一點，但在我的情緒裡，聽起來仍然尖銳。

「我不是沒有辦法，而是我現階段還不想。」我的語氣沒有起伏。

「妳的父母把妳送到台北去，不是為了讓妳成為一個台北人。」

台北人又怎麼了。我忍不住在她看不見的地方，低喃了一聲。雖然我知道自己不算是個台北人。對，我應該不算，吧？

我家在新竹。

這是小時候我的自我介紹中一定會有的一句話，然後我會接著說，我從小學到國中三年級都是通勤，每天來回台北和新竹兩地，可是我對新竹和台北都不算熟悉，因為放學後我就要回新竹了，沒有太多時間在任何一地閒晃。國三時因為課業壓力變大，父親才在台北租了房子，我才正式開始了在台北的生活。這一住，到現在十年了，我未曾離開。在台北唸高中、上大學，似乎是天經地義的事。這十年間，不只是我回新竹的頻率不斷地遞減，改變的還有很多，那些與家有關的，比如父母離婚，比如父親再婚，比如新竹的家因為父母分開的關係，從兩間打通的大房子，變成兩間簡單的公寓。又比如妹妹們陸續離開了台北，而我始終還在這裡，我自己也找不到原因地停在這裡了。

母親曾說，小時候決定把我們送到台北的原因，是因為台北有比較豐富的資源、競爭力比較大、可能性比較多。這些話我一直是放在心裡的，我看似很努力地在台北尋找一個自己的位置，好像台北就是我的全世界了（或者是說我以為的最好的世界了）。然後，在某幾年的時間裡，我覺得自己像是一個被台北丟掉的小孩，可是我好像離不開了。太依賴對於捷運與公車的強烈慣性，太容易把文山區、大安區、信義區、中山區這些鬧區當作是自己的地域，太偏執地想要在台北兩個字裡，找到一個自己喜歡的生活。

就這樣，十年，我在我以為的最多的可能性裡，逐漸地失去了尋找可能性的動力。可是我不知道為什麼。

很多時候是這樣的，在某一個時間點上，會特別覺得自己的人生死死地卡住了，然後那些曾經讓自己不舒服的對話都會用一種很輕蔑的姿態重新再來一次，日子好像變成一條細細的繩，緩緩地，把自己勒緊，甚至就要窒息。

真的拉起行李箱離開台北，擁有一趟旅行，大概就是因為在那樣的感受裡，我已經沒有任何地方可以去了。平常能想得到的讓自己開心的方式，這個時候偏偏都起不了作用，某一些鬆散的生活喘息像是一種藥，太頻繁的煩躁其實對於這樣

日 子 好 像 變 成 一 條 細 細 的 繩 ， 緩 緩 地 ，
就 把 自 己 勒 緊 ， 甚 至 就 要 窒 息 。

的喘息是有抗藥性的。大概是因為這樣吧，所以我離開了。離開台北，像是一種逃避，但就是去了，沒有任何後路地去了。

我幫自己規劃了為期三十天的環島小旅行，並在網路上公開地尋找可以讓我留宿的小房東們。我想遇見的不是每一個城市的景點或小吃特色，而是讓我走進他們的門，參與他們的生活，可能只是把生活切片成一夜一夜，可能有煩惱也有快樂，也可能有意外，無論有著什麼，我都不想阻止自己去做這件事，也不允許任何人阻止我。然後，在二〇一六年秋天，我終於離開了台北，有了一趟我人生中目前為止最長的一段旅行。

其實我想了很多種關於開始的書寫方式，又或者更精確地說，去書寫為什麼要開始。說實話，挺難的。我改了又改，刪了又刪。好像怎麼說都沒有辦法把這一個開始整理清楚。我一直在想，我們的生活，我們的存在，是不是都一定要有一個清楚的信念或價值，才能去掂量自己的名字，其實在這個世界上都有著重量。也許這是一個極端的想法，但我在思考如何下筆記錄這一趟旅行時，我確實一直如此的困惑著。

我不想用城市的名字去區分生活的可能性，但在離開台北以後，我確實看見了台北的渺小，又或者是說，自己的渺小——自己期待在一個城市裡所能追求的生活方式，竟如此局限。

出走像是拿著自己喜歡顏色的蠟筆，離開白紙，試著在石子上、廢墟的水泥牆上、巷口的磚頭上，在那些自己未曾想過其實也可以作畫的地方，只是畫著熟悉的形狀，就能意外地遇上不同的風景。

這是在開始前，我從沒有想過的事。

01

2016.10.20
台中

第一天就像回家

願我們有一天，
能深深愛上被年輕修修改改的自己。

二〇一六年十月二十日，是個風和日麗的日子。

我從台北出發，她說她會在台中朝馬轉運站接我。搭上客運的時候，是下午三點四十五分，其實一早起床的時候就特別期待，可是卻又有一種好像什麼都還沒準備好的緊張，沒有我想像中的，啊，拉著行李箱，陽光溫暖，世界在等我的像在拍ＭＶ一樣的濾鏡氛圍。我一直在想是不是忘了什麼。走出門的時候，這個念頭根本也就一起忘了。

記得出門前，室友先出門，她在客廳大喊了我的名字，然後說，路上小心。我打開房門，我說，一個月後見，她露出「真的要小心」的表情，我說，不要擔心，我們相視一笑，然後她出門後不到十分鐘，我也出門了。

我坐在客運上的十八號，獨立靠窗的位置，窗戶上掛著米色的小窗簾。我喜歡這個位置。從我的位置往左邊空位看去，那邊的窗簾被拉開了，陽光灑在沒有人的椅子上，隨著車子的移動陽光好像在跳舞，我看著最前面的時鐘顯示三點五十七分。不知道為什麼，那一刻才覺得一切要開始了。我輕輕地拉開右手邊的窗簾，陽光刺眼地直接穿過無數雲層，辣辣地打在我臉上，我忍不住頻頻往外頭看，在這樣的天氣裡，會覺得自己擁有的特別多、特別珍貴，彷彿所有失去的，都不可惜。

那一路我想起瑣碎的很多事，想起很多人，他們零散地再也串不成一股濃烈的感受，只是輕輕地撫過某一個秋天的午後，讓那個時刻裡的自己，因為有著回憶而不寂寞。

到台中的時候天已經黑了，遠遠地我就看見她，我知道是她，儘管只是小小的影子。我想起自己在兩年前交換故事時的樣子（當時是以「我給你一份甜點，你給我一個故事」進行故事貿易），我也喜歡遠遠就辨認對方是不是那個要和我交換故事的人。而她也一眼就認出了我。真好。

留宿一個晚上，與之前的故事貿易，相約一個下午，大大地不相同。

我喜歡她們家溫暖的色調，木頭色的地板、沙發、書櫃和其他。一走進去的時候，有一種回家的感覺。我想起小時候住在新竹的家，也是這樣木頭色的地板。我們站在小小的走廊聊了好多我的小時候，比如我曾和妹妹們在家裡的走廊學模特兒走秀，比如我們的家是如何地變大，然後又變小，甚至，好像變不見了。泛黃的記憶，在說出口的時候，好像就不那麼舊了，反而有了另一種恆溫的樣貌，好像那是夾在現實裡的扉頁，輕輕一翻就在眼前，未曾消失。

走進這個家的時候，我其實並沒有想到自己會在這一趟旅行裡，把家的故事想起的那麼深，那麼仔細。

坐在咖啡廳裡打著這些字，我才發現，一個晚上我們竟然能說這麼多的話，而我該如何組織，如何重新整理，並不容易。我傳了一個訊息給她，我說，我們說了好多的故事，但我決定選一個寫，不然，我怕，這就變成流水帳了。或是其實流水帳也沒關係呢？如果這趟旅行沒有目的。如果一切都只是過場。

想了想，我決定寫下她進入營養系的原因。

「我會念營養系其實是有原因的，但是，也不完全是直接的原因。」她露出有點害羞的表情，好像怕這樣的原因不夠隆重。

泛黃的記憶，在說出口的時候，好像就不那麼舊了，
反而有了另一種恆溫的樣貌。

「沒關係呀，妳說說看吧。」我笑得淺淺地看著她。我們一生做了多少決定，都是命運輾轉過後的念頭。無關乎隆重與否，都讓自己華麗又斑駁。

「小時候的週末，我常常去我姑姑家玩。我姑姑沒有小孩，應該說，她不能生小孩，所以她很疼我。每次去她家，姑姑都會帶著我一起做甜點，我們會在前一天討論明天要做什麼，然後隔天花一整天就為了做那一道甜點。後來，我姑姑生病離開了，她把所有做甜點的器具都留給我，國、高中的時候我就告訴自己，未來我一定要成為一個甜點師傅。真的，我那時候真的好認真相信，自己會成為甜點師傅，還會去法國留學學甜點，這都是很認真思考過的。當時都不覺得這樣的想法很愚蠢，不覺得這是空泛的夢想。」

看著說這些話的她，其實我現在也不覺得這是空泛的夢想。可是，我也感覺到自己對這樣的念頭沒有以前那麼篤定了，我同時感覺到，我們越來越不敢把小時候的認真當真，我們的眼光看得越來越近，比如從立志要當導演，然後到覺得要找一份高薪的工作，然後再變成只要能溫飽即可。什麼幸福快樂，都變成窗外的風景，生活的底線剩下明天。可是我不敢說出來。我怕說出來後，自己也就這麼相信了。我不願這樣相信。

「為什麼現在會覺得空泛呢？」我問她。也在問我自己。

「妳小時候就立志要當作家了嗎？」她反問我。

「我不知道算不算。」我抿了抿唇：「可是我小時候就知道自己喜歡書寫，然後就寫到現在了。」

然後，在自己意料之外地，我告訴她，我也是在這幾個月來，才默默地變得勇敢去承認自己是一個作家。在那一個當下，在當她以「我是一個作家」的前提在問我的時候，至少，我想篤定自己的其中一個身分。有很長一段時間，在向別人介紹自己時，我沒有辦法自然地稱自己是作家，作家這兩個字，好像只適合放在張愛玲、簡媜那些我心目中真正是作家的人身上。我怕自己成為那種很容易被諷刺的作者：「喔，她也能算是一個作家喔？」後來，某一天我與出版社開完會，回家路上我看著身邊的人，也從捷運車廂的玻璃窗上看見自己的樣子，我忽然覺得自己好渺小，我想到，無論我是不是一個作家，我都會想要繼續書寫，終生書寫吧。如果我能活到八十歲，那麼距離我的死亡還有五十五年，所以其實，我的作家生涯正要開始而已，也許我寫到第二十年（還沒過完五十五年的一半），才覺得自己是個稱職、專業的作家，也不遲。

想想，這是多好的一個開始，在與帶著其他身分的陌生人相遇時，先認識、認清了自己的身分。

「很現實吧，因為這個工作一出社會恐怕不會有很好的薪水。」她的室友說。她點點頭：「父母會擔心啊。」她說。

「我覺得父母只是希望我們能好好照顧自己。他們永遠會擔心我們的。」我說。然後我說起了自己想寫動畫故事的夢想。可是，一樣沒來由地，跟她們說的時候已經沒有以前那麼篤定，有幾句話還忍不住心虛了起來，不知道她們有沒有發現。

我很努力想要想起自己以前說起這個夢想的時候，是什麼樣的口吻、什麼樣的表情，但我想到的都很模糊。只記得自己以前，會很想要說服對方，一定要堅持夢想，怎麼可以因為誰覺得不可能，誰覺得那很辛苦、錢很少，就改變自己的步調，甚至自己的方向。可是現在，我在說服的人好像變成了自己，不再是別人。好像把自己從世界裡退回來，卻又退不回最初盼望世界的眼光。這種變化使我有點羞愧。如果我都沒有辦法堅持，甚至保護自己最初想要去的地方，憑什麼對別人的放棄感到可惜。

「在通往夢想這條路上，如果累了，調整腳步，而不是調整初衷。」我想起自己曾經在手機備忘錄裡寫下的這句話，忽然感到一陣羞赧。這樣的自己是如此單純和狂妄。可是，這樣的狂妄在長大後的自己心裡，真的應該羞赧嗎？我羞赧的原因是因為我已經放棄了嗎？

我打開手機，點開手機備忘錄裡的其中一段話：「曾經擁有過一種年紀，在那個年紀裡，覺得自己在世界的中心，所有可見的都是美好的，不可見的都無須害怕。後來，來到了另一個年紀，發現世界沒有中心，可見的都掌握不了，不可見的都不敢擁有。」

也許這一趟出走，就是為了讓困惑更明顯，進而給自己另一種可能。

我們越來越不敢把小時候的認真當真，
我們的眼光看得越來越近。

坐在咖啡廳的小角落，我已經從頭打了無數次，開了無數空白的檔案，都不知道該如何才能好好地把這個旅程的第一天完好地記錄起來。有一種過分的焦慮，好像這趟旅行必得完美。可是沒有目的，又何嘗需要完美。逃避從來無須追求完美。

但是，怎麼說，我還是想找到一個方法把這一夜牢牢地刻在心裡，但又矛盾地不想要像流水帳那樣地寫。跟她道別後我一直在想，如果我們是十年前相遇，我們整晚會做什麼，我們會聊什麼呢？網路讓世界變得很大，讓人們的聯繫變得很容易，卻不一定變得更親近。

「很多時候我覺得，我回覆了好多訊息，可是我沒有在跟任何人對話。」我想起她的室友在走廊上講的這句話。

我忽然很慶幸，我不知道我們的那一晚，還有她可愛的室友們，是不是對話，是不是那種我們小時候跟家人坐在客廳，或是跟朋友坐在餐廳，好好面對面的那種對話，因為我已經幾乎要忘記那種感覺，我忘了我們怎麼開始有了滑手機的習慣，好像一晃眼，手機已經變成一種器官，不能被割捨或忽視。可是，那一晚的每一句話，笑笑鬧鬧的，或是想法的分享，都讓我覺得自己的某一塊被悄悄地填滿。

離開她家的時候，我看到了陽光從她的窗戶灑進來，粉紅色的巧拼反光在白色的牆上，牆壁變成淡粉紅的樣子，她們說，那是這個房間最幸福的光景。我留了一封信在她的桌上。回過頭再看一眼那面牆和亮晃晃的陽光，我的腦海忽然冒出一段話。

「感到幸福的程度，取決於我們把自己投遞到這個世界的程度。也許那也是受傷、痛苦的程度。但願每一道傷痕，成為通往更好的未來的路。願我們有一天，能深深愛上被年輕修修改改的自己。」

謝謝第一天是她，謝謝在我也不知道自己是否準備好了的第一天，是那麼善良美好的她接住了我。謝謝她們的開朗和單純，走出她們的社區的時候，我又往回看了一眼，也許，我再也不會來到這裡，也許這樣的組合再也不會出現，可是那一天，溫和的台中，有她們的笑聲，有她的簡單。似乎沒有比這更好的開始了。

02

2016.10.21
台中

懂得幸福的貓

我 在 認 識 世 界 的 時 候 ，
世 界 也 在 認 識 我 ；
我 在 失 去 世 界 的 時 候 ，
我 不 會 失 去 我 。

二〇一六年十月二十一日，晚上的台中下了一場大雨。也是這趟旅行中唯一的一場雨。

我在角落把昨天的日記打完後，趕緊收拾東西，一推開咖啡廳厚重的玻璃門，突然轟隆轟隆地響，我愣在原地，天啊，竟然下了這麼大的雨。從我在的地方走到公車站需要一段路，我東想西想，很猶豫要不要搭計程車。以前伸手向家裡拿錢，日子寬裕的時候，一急就會隨手招計程車，那晚我卻猶豫了。不過看著雨點大大滴地打在柏油路上，再低頭看著腳上的新鞋。有時候我們會為了保護一些無關要緊的東西而願意犧牲一點點，無論是否真的能保護到它。那只是一個小小的衝動，表示，我還能保護些什麼。我開始在車海中搜尋計程車的影子，然後發現台中的計程車比起台北，真的好少，而雨天的電話叫車也是滿線。

不過挺幸運地，我仍很快地搭上了某台車。司機是個可愛的人。他大肆跟我分享他年輕時在報社如何呼風喚雨，並在十分鐘的路程中提及大約十次他擁有國家級導遊執照，他說了很多對於現代年輕人的見解，尤其在文字書寫這一塊，因為以前在報社的關係，他總覺得現在年輕人沒有文學素養，寫出來的東西根本狗屁倒「肚」。直到他發音念錯的時候，我才對他前面的那些話不那麼不知所措，我輕輕地在後座莞爾。我想他應該是一個很寂寞的人，很需要被傾聽，被傾聽對他來說，是他感覺自己存在的重要依據吧，於是我靜靜地聽他說著他的當年史。

下車時，有一個女生走過來幫我開門，我以為是她，於是我說了聲「哈囉！」，她愣了愣，我說：「妳是……」「不是。」她打斷我，我有些尷尬。「我以為這是我叫的車。」她也有些尷尬。噢。然後我發現車窗外有另外一個身影，她歪著頭看我，微微地墊了墊腳，露出淡淡的笑容。啊，這才是她。我看著她露出笑容。

她是個安靜的女生，很喜歡笑，聲音輕輕的。

在報名的表單上，她是唯一一個替自己寫了一長篇自我介紹的人，我想，這樣的人應該活得很認真吧。見到她時，我才感覺到，她是活得很單純。一進到她的房間，就像進到另外一個世界，她的牆上貼了些小東西，有一面是《大誌雜誌》裡每個月的海報。都工工整整，我想到我房間裡的那面小說牆，跟她比起來，我簡直是隨便亂貼。

「妳知道那個是什麼嗎？」她指著她床頭那一側的牆壁上，其中一個貼在上面的咖啡色的橢圓形。我搖搖頭。那個橢圓形的外圍，一整圈都被撕過，像是短的紙流蘇。

「是刺蝟把自己縮起來的樣子。」她說。

那是在一門藝術治療的課程裡，老師要大家選一種顏色的紙，並且不能用任何工具，只能用雙手，要把紙撕成自己心裡想的動物，她選了刺蝟。我的腦中直覺反應，啊，那應該是什麼很容易自我保護之類之類的原因吧，這是刺蝟給我的感覺。不過她說，是一個喜歡刺蝟的朋友，和她分享刺蝟的故事，於是她才開始喜歡刺蝟。

我們擁有最多的是自己的故事，當它們用另一種形式活著，比如言語，比如某一個物品，比如某一個抽象的概念，比如一種隨時會想到的思路，在別人眼裡，我們就成了迷人的人了。看著她說著她的刺蝟和其他叮叮咚咚的小故事時，我一直有這種感覺。

我們會為了保護一些無關要緊的東西而願意犧牲一點點，
無論是否真的能保護到它。

洗完澡後，我們一起坐在她的床上，她把書桌的燈打開，關了大燈。她說，她很喜歡那樣的氛圍，總會讓她想到皮克斯動畫片頭的那盞燈。然後整個晚上，她幾乎都是安靜地在聽我說話。她會丟出一些問題，然後我會在想好要如何組織以前先零散地把故事說完，所以沒有一個故事是完整的，但整個晚上，都踏踏實實。我們撐到兩個人都撐不下去，幾乎快要睡著，才甘心說晚安。

她說，我們明天可以睡晚一點。我點點頭，然後道了聲晚安我就沒有意識了。

隔天早上，我睜開眼的時候已經十一點多。是戴著居家眼鏡的她從我的右邊輕輕地說：「張西，起床囉。」我也不知道自己為什麼會睡得那麼深，我沒有聽到任何聲音，然後忽然就在醒來前一刻聽到她的聲音，就張開了雙眼。

她說不知道要怎麼叫我，打開了燈也開了音樂但我仍然深睡。我笑著說，我也不知道怎麼會這樣，但我真的睡得很深。她的房間有一種氛圍，很像一個口袋，能夠裝進所有的祕密，所以我在說話和發呆的時候，都特別有安全感。

她帶我去吃了好吃的早午餐。老實說，我在這一路上都一直在想，我到底該寫些關於她的什麼，因為我說的話好多，而她總是睜著眼睛安靜地看著我。

「我跟朋友說妳要來住我家，我朋友都問我準備要跟妳說什麼。可是我覺得，這個好難準備，我只是想要跟妳說說話，讓妳認識我的一點點生活。」我們離開早午餐店的時候，她這麼說。她走在我的左側，不知道為什麼，那一瞬間我覺得她像一隻貓，腳步輕輕的，話淺淺的，可是每一步路她都清楚。

她說，有些事情會就這麼停住了，無法推進也無法後退。

曾經我覺得，故事貿易，一份甜點只能換一個故事，於是很偏執地認為不能超過一個。可是，故事怎麼會有量詞呢？那些從我們自己的口裡說出來的每一句話，都包含著情感，包含著故事之外的故事，它們錯綜複雜，好比生活，生活沒有量詞，原來我們交換的，是生活。

日記寫著寫著，我忽然想起一個畫面。

她說，她曾經想要休學，做一點特別的事，因為她未來會成為護理師，進入醫療體系，好像就沒有機會做一些平凡簡單的事了，比如她想開一個關東煮的鋪子，在小小的巷子裡，像深夜食堂一樣，每天聽著客人的故事，每天都活得那麼簡單。

曾幾何時，那些簡單，對於一天一天長大成另一個自己的我們而言，已經逐漸變成一種越趨荒誕的想像。我們在自己的現實裡，有著自己的輪迴，活在自成一格的風景裡，朝風景裡的那幾條路去選擇和前進。然後，當我們看著別人的風景，當夜深人靜，偷偷在心底把自己想像成另外一個人，去過另外一種人生，會不免可惜那樣的人生太短，長不過清晨，當早上醒來，回到自己的世界，卻又不會特別惋惜，也許這樣小小的想像，也讓自己的現實人生悄悄完整了。

準備起身要去見下一個陌生人，仍想往記憶裡鑽出一些還想對她說的話。就讓那些感受散落在我其他的日常裡吧。還好這個傍晚的窗外沒有滂沱大雨。旅程要進入第三天了，時間過得不快不慢，好像在某個空間裡，它在等我有一天能好好地把自己縮起來，再伸展開來，也許那時候，我就會是一個新的自己了。

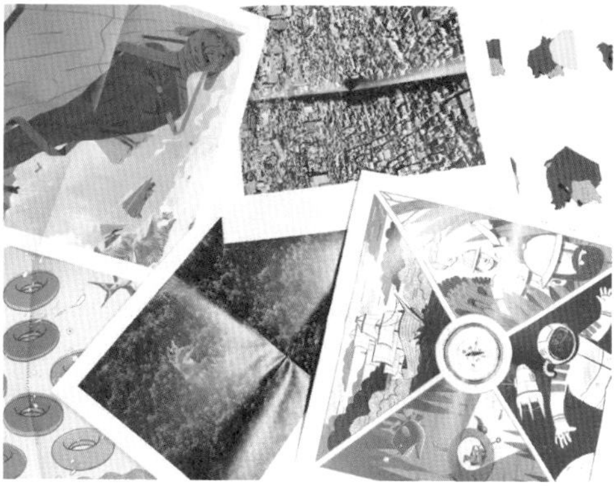

我們在自己的現實裡，
有著自己的輪迴。

03

2016.10.22
台中

聖誕老人的後裔

在一生的輾轉裡，
有些人的出現是為了調整你，
而不是留下你。

他是一個準備要退伍的軍人，二十六歲。最後一屆國中就進入官校就讀的學生。他很有禮貌地訂了青年旅社，於是這一晚，我們在青年旅社的一樓說了好久的話。

他分享了他發現自己在愛情裡的樣子。

「我以前都覺得自己夠成熟了，知道如何去處理和面對感情裡的任何一種狀況，後來我才發現似乎不是這樣。」看著他把這句話說完。我想著，也許能不能處理好某一種自己的狀態，與成不成熟無關，但我們總會在自己能夠掌握一切時覺得自己足夠成熟，在一切失控的時候因著那股無力感而覺得自己渺小脆弱。

因為國小畢業後就進入軍校的關係，他很少有機會能認識異性。上大學時，他特別選了國標舞社，舞伴後來成了他的女朋友。他們交往了四年，他說，軍人的生活很枯燥，時間被約束，所以在放假的時候，他會把時間全部都留給女朋友，他甚至可以在女朋友打工的地方等她一整天，只為了接她上、下班，還有看著她。

「可是，我好像把她寵壞了。我逐漸感覺到她覺得我對她的付出是理所當然，她的脾氣越來越差，而我的忍受度也越來越低。最後我提了分手。」

「她失去你的時候，應該很崩潰吧。」我說：「你幾乎就是她的全世界了。」

他靜靜地點點頭，這其實很像通俗的愛情故事，這樣的情節發生在很多人身上。可是發生了以後，從而認識多少的自己，因人而異。後來，他有過幾個不錯的對象，談得來、個性好，但始終沒有在一起。他說，他怕自己把愛情美好的樣子，套在那一個人身上，或是說，他看見那一個人美好的樣子，就覺得，有著她的愛情，也會很美好。

「可是那樣就不是真的喜歡了吧？」他看著我：「我是說，真的像傻子一樣的喜歡。」

「你怎麼會這樣覺得呢？」我問他。

「因為後來我遇到了另外一個女生。」他說。

他們意外地認識，意外地在那個女孩和交往多年的男友分手之後，意外地相約，意外地開始關心、留意對方，意外地發現彼此似乎無法在一起。女孩的心裡還有前男友。走在傷痛裡的人從來不優雅，有時候狼狽得連自己都討厭。他看著那個女孩放縱自己，把自己活得陌生而醜陋。

「我本來在想，是不是我看過她最真實的樣子，我就會退縮了。但我發現沒有，我還是喜歡她。可是我想離開她，因為我知道我們不會在一起。」

其實我是相信的，人和人之間有一種狀態，是覺得「有你在很好，我們別談感情，我們這樣就好，偶爾出去玩，偶爾吃吃飯，偶爾鬥嘴打鬧，這樣很好。這樣就好。」這種相處基於對彼此有一點點的好感之上，但沒有喜歡到想要在一起，不是沒有勇氣，而是這種狀態，不會受傷，又單純，何樂不為。

「就像是你說的擺渡人。」我說。昨天那個像貓的她也和我推薦了張嘉佳的《從你的全世界路過》，他說，他覺得自己很像故事裡的擺渡人，帶著別人從一處來到另外一處時，也就把那個人的傷心留在湖裡了。

我覺得那種狀態，就像是擺渡人在深夜划著槳，來到湖中央（我腦袋裡想的是瀘沽湖）（我還問他知不知道瀘沽湖，那是我的朋友告訴我世界上最美的湖，我

> 走在傷痛裡的人從來不優雅，
> 有時候狼狽得連自己都討厭。

沒有去過，但我這輩子一定要去一次），發現了一片星空，甚至能看見銀河，然後擺渡人緩緩地停下手邊的動作，悄悄地坐了下來，躬著身，屈著膝，他發現自己看見了銀河。他發現，原來有一種時候，不用前進，也不需要後退，是那麼美好，在湖中央，就能擁有一整夜的星空。

「可是，天會亮，擺渡人要上岸。」我說：「所以，這種美好通常不恆常。這只是一種自在的狀態，而這樣的狀態裡，有著膽小和自私。可是如果兩個人都覺得無所謂，那麼在湖上的那一晚，就待在一起吧。天亮了之後，上岸了之後，終究要各自分頭走。」

他靜靜地看著我，像是還在那面湖上的人，他的天還沒亮，而我在我的岸邊，把他的樣子寫進日記裡。

「一生的輾轉裡，有些人的出現是為了調整你，不是留下你。」我說。一邊拿起筆，在筆記本裡寫下這句話。

我不想把他的故事打得太清楚，昨晚我是這麼跟他說，可能，我會寫更多自己的感受而不是故事情節，我想寫下腦海裡跑出的無數句子。他笑著點點頭，都可以寫的，他說。

他也喜歡書寫，而他的文字和他有一些差異，但不會差很多。我們總能把自己的某一個樣子，好好地放進文字裡，而在其他的生活裡，也活有自己的自在，我想那就是文字對我們的意義吧。

凌晨兩點多時，我意識到有點晚了，因為他隔天早上六點就要回部隊，我慵懶地坐在一樓的木椅上，忽然覺得我們擁有的好多好多。

「欸，我突然覺得我們每個人都是聖誕老人耶，」我看著他，我們盤腿對坐著：「我一直相信，老天爺安排我們遇見的每個人，都是帶著任務來到我們身邊，老天爺要讓他們教會我們某些事情，完成任務之後，就會離開。就像聖誕老人呀，我們收到別人的禮物，也發出自己的糖果。差別只是，我們有沒有打開心去發現，這些相遇何其珍貴和幸福。」

他點點頭，笑得淡淡的。他是一個這樣的人，很真誠地說話，很真誠地困惑，很真誠地不知道自己是不是有把故事完好地說完。我想起我們討論起誠實這件事，我說，誠實是很好的，但有時候就是因為誠實，所以我們最真實的自私也赤裸地被看見了，或是，直接地去傷害了別人。

「可是誠實面對自己，是繼續前進最好的辦法。」我說。然後我們相視一笑。

睡前，我睡上舖他睡下舖，我要爬上去時，他說，晚安，拜拜。因為明天一早我不會看見他的離開，所以他連再見也一起說了。好奇妙的感覺。我在上舖很快地睡著了。

隔天起床的時候，早上九點半，整個房間裡已經沒有人了，卻有一種還在夢裡的感覺。要離開時，我在我的枕頭邊發現一張字好美的紙條，沒想到我被另外的住客認出來了，但她好貼心地沒有打擾我們的談話。那張紙條就這麼變成了這趟旅行中意外的美好小驚喜。

拉著行李從小巷子離開時，我又回頭看了一次這間青年旅社。算了算，我們相處的時間只有六個小時吧。這是第三天的我，想起這三個人，想起我所看見的與感受到的，好像與所謂的流浪或旅行不太一樣，每打開一扇門就是遇見一顆心臟，不需要寒暄客套。我似乎漸漸看見這趟旅程的樣子，我們把那些現實放在一旁，在相遇的時光裡，認真地把自己真空，認真地把自己當下的狀態分享給對方。在現實的人生裡，帶著一點驕縱讓相遇的彼此不用活得那麼現實。

他是這趟旅程中的第一個男生，我其實沒有什麼特別的感覺，知道朋友與家人有著一定的擔心，很高興母親放心地讓我出走，很高興在我所走進的世界裡，容得下我的任性。

今天的台中晴空萬里，好像除了第二夜的那場雨，台中都是好天氣。

二〇一六年十月二十二日，我發現我們都是聖誕老人的後裔，我們像聖誕老人一樣付出，然後幸福。

04

2016.10.23
台中

她擁有一整個宇宙

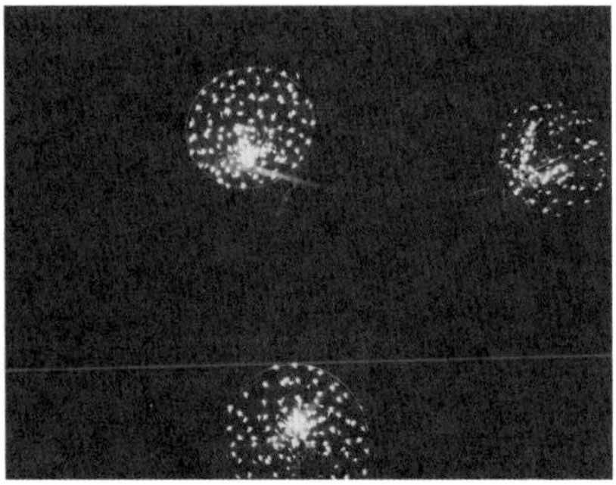

用 這 樣 的 你 去 面 對 世 界 ,
而 不 是 為 了 面 對 世 界 去 改 變 這 樣 的 你 。

她十七歲，高中二年級，擁有一整個宇宙。

其實我們的相遇是一連串的意外。她並不在我原先設計好的路線裡，原定第四晚的小房東因為時間的安排有誤無法讓我留宿，隔天，我就收到了她的好朋友傳給我的訊息，是她打在自己私人頁面裡的一段話，描述著她遇見了我，穿著一身的紅洋裝。起先我很擔心她被陌生人拐騙，因為我根本沒有紅色洋裝，看到最後她才寫到那一是場夢，她說，有一天，我們一定會遇見。當下我就想，如果她剛好在台中，那我空出來的第四個晚上就見她一面吧。

而就那麼恰巧的，她住在台中，於是我們見面了。一直到後來，我都無比慶幸自己遇見了她。

快要到的時候，她傳了一個訊息給我：「我穿全白唷，還有我的爸爸、媽媽和弟弟。」哇，天哪，謝謝你們全家出來迎接我，我用語音訊息回覆她，心底又是驚喜又是期待。

一見面時，我先跟她的父母閒聊了一會兒，那是一個可愛的小家庭，可以感覺得出母親對孩子教育的用心。晚餐就有一件讓我印象很深刻的事情。

當時她小學一年級的弟弟蹦蹦跳跳地跑到我旁邊，用氣音跟我說：「姊姊，我可以跟你玩躲貓貓嗎？」我很自然地對他笑了笑：「好呀，那我們誰要當鬼？」他說他要問問巧虎，於是他看著懷中的巧虎玩偶，我們對話了一陣子，他除了邀請我玩躲貓貓，也邀請我扮阿拉丁神燈。當時我是認真地想，可以跟他玩幾回。

後來，她的母親在我吃飯的空檔跟他說：「弟弟，大姊姊是姊姊的客人，所以你要邀請她跟你玩以前，要先問你的姊姊。」我把一口豬油拌飯放進嘴巴裡，腦子卻轟轟作響。後來他的邀請，我都是笑笑的而已，或是像他媽媽一樣地跟他說，你要先問問你的姊姊呀。但其實心底是一陣陣羞赧。這是一件很小的事，而她的母親在這樣的細節裡教著他尊重。

有時候我們會被自己所擁有的經驗矇混，比如當看著比自己年幼的人們時，以為自己有足夠的年歲和足夠的心智能輕易地寬容一些無傷大雅的小事，可在一個孩子的人格養成時分，這樣的寬容有時候可能並不恰當，我們卻不自知。

我跟她說，以後我若生了小孩，我也會這樣教育自己的孩子。她走在我的左側露出笑容。

跟她對話的過程裡，我一直覺得在和一個也許只小我一兩歲的女生說話。她很細膩、敏感，有她獨有的黑暗和善良。我們談起話來很輕鬆，那些平常很難向別人開口的事情，好像不用特別去擔心對方懂不懂，在說出口的同時，就知道彼此都一定能理解。

我開始拿起筆記本寫下她說的話，是她跟我分享她去韓國短暫遊學時，想起小時候給自己的目標。那時的她大約六、七歲吧，當時的目標都很簡單，比如把單字背好，比如把鋼琴彈好，比如考試考第幾名，諸如此類，但前陣子到韓國時，她想到：「我好像有很長一段時間沒有像以前一樣給自己目標了，我想了很久，我現在的目標是什麼？後來我想到了，我希望我可以自己消化問題。」

我看著她愣了愣，她真的十七歲嗎？

「每次我都會想，我跟朋友講了很多別人看不見的事，妳知道嗎，那種感覺就

你知道自己不需要被理解，
可是卻會因為不被理解而孤單。

是，你知道自己不需要被理解，可是卻會因為不被理解而孤單。」她繼續說，我點了點頭，還是有點回不了神。

她的語調一點也不驕傲，像是有一副與生俱來的眼睛，看著人們看不見的事情，充滿困惑，同時自我解答。

我想起她說過的，她從一年多前開始追蹤我的Instagram，那時候我發的文每天每夜都在排遣失戀，長達將近四、五個月。我看著她，忽然很慶幸是現在的自己來到她的面前。豐沛的感情可以以一個名字為去處，而對世界的困惑，卻是千里才換得了一個眼神的理解。在我們沉默而不尷尬的時刻裡，我從她的眼睛裡，看見一整個宇宙。

「妳擁有一個宇宙。」我說：「不一定安穩地運作，可是已經成了一個可以輪轉的系統，無論世界給了妳什麼，無論妳從世界裡感受到什麼，進到那裡頭，妳會用妳的思考，給自己困惑，也給自己答案。」

她點了點頭。

「妳知道嗎，我十七歲的時候，只懂戀愛吧。」我笑了出來：「只懂世界的浪漫，只懂得做驕傲的夢。十七歲的我，沒有宇宙，只有自己。」我看著她：「我覺得這是妳的天賦，妳會成為一個很深邃的人，比我想得更遠、寫得更好、成為比我更棒更棒的人。我的意思不是妳一定要成為一個作家，妳在任何行業裡，都要用這樣的眼睛去看世界，妳有一雙跟別人不一樣的眼睛，與生俱來的。」

她看著我，紅了鼻頭和眼眶，流下兩行眼淚。

「畢竟，我很平凡，我不是與生俱來長成現在這個樣子的。」我露出淺淺的笑容：「這是老天爺給妳的很珍貴的禮物，不要放棄做這樣的人，無論妳最後從事什麼行業、成為誰。用這樣的妳去面對世界，而不是為了面對世界去改變這樣的妳。」

「可是，很多人會覺得，為什麼我要這麼複雜。」她說。

「我相信妳的複雜是為了織成一面網，完好地接住妳，讓妳不會陷入深淵。」我說。然後我拿起筆，在筆記本裡寫下這樣一段話：「妳的黑暗裡，有著無比的善良。這樣的善良可能無法給妳天真浪漫的思考，但我相信它能帶你去比別人更遠、更遠的地方。」

在她下樓倒水給我喝的時候，我連拿起手機，打開臉書或 Instagram 都覺得那像是幾萬光年以外的世界，我好像一顆小小的即將殞落的流星，滑過她的夜空，瞥見了她的宇宙，燦爛的好比花火，在生活之外，在現實之外，第四夜的這一扇門打開，是一顆和我靠得好近好近的心臟。

後來，我們聊了一些自己和家人的關係。她說，她很喜歡看我跟妹妹們的相處，她甚至精準地猜到了我最大的妹妹張凱，是一個怎麼樣的人，我笑著點點頭。

「但其實，我們也不是一開始就很要好。」我說：「我跟妹妹們的感情開始變好，是在父母分開之後。現在也還是很容易吵架。」我笑了出來。

「其實我爸爸也是最近才回來的，之前他在外地工作，沒有跟我們住在一起。」我看著她，示意要她繼續說下去。她說，她有好幾次去父親的住處看他，都很難受，要辛苦地工作，把自己縮在一個小小的空間裡，只能自己照顧自己。

「心疼一個人是很痛苦的，因為你承擔不起他正在承擔的。我也很自私，為了不讓自己那麼痛苦，於是我會去尋找對他的小失望，比如地上的啤酒罐，比如床邊的髒襪子。所有的心痛都是用這些失望去弭平的。所以，他回來後，當我沒有了那些心疼，看見的就只有失望了。」

這些話，她是哭著跟父親說的，她不知道父親懂不懂。我看著她，我想曾經有無數的人告訴過她，妳為什麼要想這麼多，妳這樣活著不累嗎，為什麼要去剖析自己？可是那一刻我只覺得，辛苦了。只是這些辛苦，這些感受，都無從投遞與追究，在我們生命裡發生的每一件事情都是如此，選擇不來那些避免不了的難受，只能選擇自己要用什麼心態面對。而如果這些太精準的細膩是她的選擇，她便承受，同時擁有。

我跟她說了很多家裡的故事，這是那麼多年後，我少有的幾次把當年的故事說得那麼鉅細靡遺，那些對家裡模糊的印象，忽然都在她的面前清晰了。

「後來我的家變成兩半，是真的兩半噢，原本打通的走廊又被水泥砌起來。一

心疼一個人是很痛苦的，
因為你承擔不起他正在承擔的。

邊是媽媽的，一邊是爸爸的。一開始我和妹妹們都很不知所措，要回哪一邊才算是回家，媽媽那邊原本是客廳和和室，爸爸那邊是書房和臥房，走廊被隔起來後，回家看媽媽，要睡時竟然要打開家門，從地下室走到另外一邊去睡覺。那時候我和妹妹們都不想回家，也會覺得很討厭。後來我爸把他的那邊賣掉了。起初我們都很不舒服，但再更後來啊，像是現在，我反而覺得沒關係了。他賣掉了，我們就不會有那種不知道該從哪個門回家的困惑和猶豫了，只剩下遺憾。有時候，只剩下遺憾，也挺好的。」我說。

可是我沒有說，有些傷口好不起來，不是我們走不過太長的時間，而是在這些時間裡，我們發現自己儘管握有無數把能找到最初的鑰匙，都再也沒有能夠相應的門了。所有的門都上了與自己無關的鎖。於是只得找一扇沒有鎖的門，把自己鑄成鎖。

最後放任記憶活在一個與時間無關的角落，掀起一些找不到、也不需要鑰匙的念想。它在裡面過它的年歲，偶爾興風作浪，偶爾扎痛現實。想想這些不過是日子的病斑，誰的日子沒有病斑。這其實沒什麼。什麼都沒有。

「妳很難過吧。」她說：「我一直覺得，所有可見的東西才能印證自己不可見的存在。就像我媽要是把我的參考書丟掉，我會很生氣很難過，因為那些東西的存在證明著我認真地唸過書。」

「是呀，看見自己活在世界的軌跡裡，才會覺得自己真實地活著。」我看著她：「可是，我們每個人都有自己的世界，自己的人生。我在父母選擇了分開後，才意識到，我們每個人的人生，都只有自己能負責。」

她只是靜靜地看著我，聽我繼續說。

「呼，都是好久好久的事了，我已經好久沒有跟別人說得這麼仔細了。」有時候把一個感受抒發出來，不是用何等艱澀的話語去把情緒描述得精煉，而是只是簡單地把那些發生說出來。事件像是一件件半乾的衣服，曬在對話裡，理解是微熱的陽光，會把它們曬乾，變成記憶裡的折頁，標記著自己的改變。

老實說，寫到這裡，我忽然停住了。

昨天晚上說了一次，今天又打出來一次。旅程裡不預期地挖掘很深很深的自己，原來並不疼痛。我想到在一開始經營故事貿易公司時，以一份甜點交換一個故事，我覺得一定要找陌生人，是因為可以聽到別人的祕密，祕密往往跟陌生人比較容易開口，所以我就想著，這樣我可以聽到很多的祕密，當很多人的出口。

我記得當時大約是在遇到第五個交換人的時候，我才感覺到，不只我是他們的出口，其實他們才是我的出口，我能向不同的人，拋出自己心底不同的祕密。那種熟悉的感覺讓我覺得很高興，在兩年多後再次進行的故事貿易裡，用不一樣的方式，卻有一樣的感受，好特別好奇妙。

沒想到一眨眼就寫了這麼些字，很高興自己逐漸回到了那樣的狀態，去碰撞世界的時候同時面對自己。就和她一樣。要準備去見下一個小房東了，等等要離開台中前往彰化，在台中的四天，走進四扇門，看見四個世界，好像就擁有了在台中的四個宇宙。

我在離開她家的公車上看著過馬路的人潮，在備忘錄裡寫下了這句話：「茫茫人海，每個人都渺小，可是每個人都擁有宇宙。」

二〇一六年十月二十三日，是母親的生日，忙碌了一整天，才想到要跟母親說一聲生日快樂，不知道是不是因為這樣，才會忍不住聊起了家。今天的台中，適合散步和說話，適合誠實，適合想念。

希望那年我消失的十七歲，直到我七十歲，都一切安好。一如她的十七歲，一如十七歲的，擁有一整個宇宙的她。

茫茫人海，每個人都渺小，
可是每個人都擁有宇宙。

05

2016.10.24

彰化 · 員林

我也想做一隻燈籠魚

你擁有的我的好，

是我用失去很多換來的。

「妳知道員林是一個圓嗎，沿著員林大道騎，會沒有終點，它剛好繞成一個圈把員林包在裡面，我們現在就在這個圓裡面噢。」

坐在她的機車後座，我的腦海裡是母親最愛的那首老歌〈哭砂〉，那是我們剛剛待的小店打烊前放的音樂。我覺得圓是一個很浪漫的概念，無論自己在裡面還是外面，那像一種美好的區隔，或是束縛，或是，只是和圓滿的圓同一個字，所以想起來會有感觸。

我喜歡坐在她的機車後座的感覺，她甚至會細心地慢慢騎，尤其有很多車子經過我們的時候。那時候我想起他，但很模糊，我也想起母親，想起父親，想起我的室友，想起我曾認識的很多人。員林大道長長的，晚上十點半幾乎沒有人，她笑著問我，妳會怕嗎？我說，不會呀，我家比這裡更偏僻。可是如果我被一個陌生人載到這裡我會超害怕，她稍稍回過頭，讓我能聽見她的聲音。我相信妳，我說，沒事的。

不知道為什麼，秋天的晚上坐在機車後座總有一種很強烈的幸福感。我常常想，我能不能一直坐在某一個人的機車後座上，他一直載著我，永遠不要停下來，我喜歡我們在世界裡面，經歷一些風雨和日曬，在同一個地方，一起前進的感覺。

後來，我打著這些句子時，覺得自己當時感覺到的無比幸福，也許是因為逐漸理解了生命可以納進無數的傷心。可是再多的傷心，也許都不及她的萬分之一。

她跟我說的第一個故事，是關於她的父親。

「我的爸爸已經……過世了。」她一開口，我就愣住了。我驚訝的不是這件事，而是她看起來，是一個那麼開朗漂亮的女生，她笑起來甚至有彎成像月亮一樣的眼睛。

「我一直不知道自己為什麼會這樣，我好像……不知道什麼是悲傷。」她說：「我爸爸那時候已經生病很久了，我一直知道，他有一天會消失，可是我不知道什麼是消失，我不知道失去原來這麼可怕，我不知道失去這兩個字背後，原來有這麼多情緒。」

我輕輕地抿了抿唇，想用一個剛好的姿態聽她說這個故事。可是好像沒有這樣的姿態，還有該用哪一種表情看著她，我都無法確定。

「在我上國中那一年，剛開學沒多久，有一天我姑姑出現在教室的窗台邊，她只跟我說了一個字，『走』，然後我就跟她走了。我知道發生了什麼事，但我一滴眼淚都沒有掉，直到出殯那一天，我看見地上的水珠，才發現那是我的眼淚。」

她說，她的生活一切正常，她的身上好像有一個開關，只要一離開房間，一從自己的世界走出來，就知道自己會進入另外一個狀態。而她在很久以後才知道，原來這樣的她，一直被擔心著。

「我爸爸離開前，有一次我不小心聽見姑姑跟爸爸說『我一定會幫你完成成為室內設計師的夢想』，不知道為什麼，我什麼話都沒聽到，就聽到了那一句，那時候開始，我就跟自己說，我一定要成為室內設計師。」

也許是家裡的人都有著良好的美術基因，她的家庭裡有很多人都從事著設計相關行業，所以對她來說，這件事不是癡人說夢。其實我聽到這裡的時候，很擔心，當我們把別人的夢想當成自己的夢想，那麼我們真正的夢想該放在哪裡呢？而很幸運地，她說，她也曾如此困惑，但是當她進入室內設計系，她發現，她也真心喜歡這件事，一如她的父親。

「這是我人生中做得最好的決定之一。」她的眼睛裡有著一閃一閃的星星：「我覺得這件事，是我跟我爸的連結。我一輩子都不會放掉。」

那一刻我彷彿看見一個四十歲的她，已經成為自己想像中的那個女人，然後篤定地、淡淡地向別人說起這個故事。因為此刻，二十歲的她，經過了將近十年的追尋，時光累積出自信，自信變成一條路，只有自己走得起。

「可是，我一直覺得我走不到我的憧憬裡。小時候我想像的二十歲其實不是現在這樣。」

「我們永遠走不進自己的憧憬裡呀。」我說：「因為我們永遠不知道所想像的那個『樣子』的背後，有多少的不美好要承擔，但，我們還是需要憧憬。」我看著她，她也很認真地看著我，好像她正和我想著一樣的事情。

「憧憬是自己給自己的向前的力量。」我繼續說：「就像燈籠魚。憧憬是那個眼前的燈呀，我們看著燈，不斷往前游，去到的地方，絕對不如想像，可是我們還是到了那裡。其實走上任何一條路，去到任何一個地方，都是我們帶著自己走過去的。」

可惜，長大以後，那些憧憬與現實之間的差距狠狠地甩了我們幾巴掌，然後我們就開始不相信憧憬，我們開始把自己想得只剩下現實。我的意思不是我們應該帶著那種無可救藥地相信，相信著某一件美好的事情，然後像一灘死水一樣，卻堅信時間到了，自己就可以擁有那些美好。我期許自己是在現實裡持續帶著盼望生活。因為現實裡不只有包含壞的事情，也包含了好的成分。

我拿出筆記本，在筆記本上畫兩個點，一個是現在，一個是想像中的未來。然後我在兩個點間畫了曲線。

「沒有人可以走直線的，我們卻都希望能用最快的速度去到要去的地方，事實是，我們不可能一步就踩到剛剛好的位置上，走上剛剛好的路。最可惜的是，當我們在悖離自己的方向時，會以為只要一走錯路，就到達不了想要去的地方了。其實可以轉彎的，只是要花比較久的時間，可是我們不敢花。因為要用更長的時間預測未來的自己，要相信自己花的這段時光是有意義的，需要極大的勇氣，因為裡頭有太多的變數要去面對。」

「所以，確定自己可以一直做某一件事，做很久，很幸福。」她邊說邊看著我，我們相視一笑。我一直覺得自己身上跟她有著很相似的地方，那是一種直覺。後來，在她的小房間裡的漫談證實了我的直覺。我們有過類似的感情經驗，不過很有趣的是，一樣的心態，在不一樣個性的人身上，與不一樣的我們交錯時，會有不一樣的過程和不一樣的結果，但我們卻能從中看見一樣的事情。

寫到這裡，我其實有些恍惚，她給了我好多，我們靠得很近，說了很多話，就像好朋友。我一直害怕，我會把她忘記，可是我不想忘記她，但又不想要在匆忙的時刻裡凌亂地寫下我對她的記憶。我忽然想起前幾個小房東的臉，這一切好像一場夢，我會是在做夢嗎？做了三十天的夢，他們像是真實存在的夢境，卻終究會遠去。

怎麼說，我好喜歡跟她一起躺在她的床上，聊那些不單單只有愛情，還有自己，還有社會，還有那些事情背後的事情。

我們坐在她的小桌子旁，聊著彼此從愛情裡學到的事情、看見的自己，噗通噗通日日看見的都是人性，還有日漸迷離又清晰的命運。就像我們都一樣感觸曾經都不會騎機車、開車的高中同學，已經會開車並載著大家一起出去玩了。好像生活難免會讓自己活出一種狀態，那幾天、幾週甚至幾個月，會像原地打轉的陀螺，把未來想了一次又一次，列出各種可能，再排除各種可能，每一個選擇，在越趨長大，越會成為自己人生中重要的路口，轉彎後要承擔的事情越來越龐雜，此時的不安全感會讓我們同時挖掘過去，把過去自己所想、所做的事情也一一排開，想要從中去辨認自己是一個怎麼樣的人，以確保接下來的選擇，都能安心坦然。儘管我們知道不可能，我們知道人生就是無數變數的連結。

我想起神學大師阿奎納說過的：「如果船長的最高目標是保護好這艘船不讓它受到任何傷害，那這艘船永遠也出不了港。」

和她道別時，她給了我一封信，她語帶害羞地說，妳上火車再看，我點點頭，

人生要走得夠遠，
才看得見它耐人尋味的地方。

要走的時候我張開雙手示意要跟她擁抱，她也張開雙手，我們緊緊擁抱著。然後，我說了聲，拜拜，她也是。她發動機車，我拉起行李箱的拉桿，她又說了一次，拜拜。我朝她揮揮手，然後轉過身，沒有回頭地直直走。我不知道為什麼不敢回頭，我似乎怕自己會哭，可是我不知道為什麼會想哭。直到進到火車站，我才回過頭，我看見她與摩托車，已經變成小小的，而且越來越小，直到不見。不知道為什麼自己一陣鼻酸，明明我們只相處一晚。

「我不知道我想這些是不是想太多，可是我就是會去想。」她說，這和前一天十七歲女孩說話的樣子重疊了。

「我覺得，妳是一個很善於用自己的感知去和社會產生連結的人。」我看著她：「這些自問自答會在妳的世界循環成一個系統，系統架撐起妳複雜的感知，而妳用這樣的感知去和社會產生連結。」其實，就和那個十七歲的女孩一樣。我想起一個朋友跟我說過，我的讀者都有和我相似的地方，我想，就是這裡吧。但我們不會停止這樣去感受世界和自己，我知道這樣的我們會帶著自己一步步走遠，遠離單純，但不是失去單純。

「我逐漸覺得，人生要走得夠遠，才看得見它耐人尋味的地方。」這是那一晚睡前我在心底的小小結論。她看著我，點點頭，露出漂亮的笑容。她一直讓我覺得她很像自己的一個朋友，尤其是笑起來的時候，還有說話的手勢，甚至她們喜歡的東西。

我想起自己在這趟旅程的第一晚寫的那句：「願多年後的我們，能深深愛上被年輕修修改改的自己。」

此刻，腦海中她的臉，並不模糊，對她印象最深刻的，仍是我在她的機車後座，感受到的胸口漲滿的幸福，好像所有的遺憾都不算遺憾，所有的昨天到這裡就會被更新，被允許推翻。我不知道是不是因為我們都有過不知道如何面對悲傷的時刻，她曾說過：「有時候會覺得自己背負著很多快樂，卻活得很辛苦，夜深人靜時仍會為此受傷。」

很多的傷害，仍用另外一種方式存在，比如我們的改變，我們奮力地調整或是義無反顧追尋，不是為了去到一個沒有疼痛和徬徨的地方，而是為了讓千瘡百孔的自己，仍有孤傲的靈魂，去甘心淌這一世的渾水，去活成更接近自己嚮往的人。

「只是，在修正自己的時候，仍可能遇見傷害自己的人，這不是你的錯，也不是他的錯，我們不會因為自己變得更好了而必定擁有更好的緣分，但我們會有更好的狀態和智慧去應對更悲痛的傷心，那才是修正自己最大的意義。」

翻開我的筆記本，有一頁我凌亂地寫著這些話，然後，忽然，我決定這一篇標題就叫做〈我也想做一隻燈籠魚〉，我也想有一個自己的燈，給自己照明，給自己意義，帶自己去任何一個遠方，就算從來不符合想像，但所有從自己身上發出的力量，都是踏實的腳步，讓每一次遇見想像與現實的落差，都不失望。

我想她也會做一隻燈籠魚吧，很多年後，我仍會想遇見她，想看看她的小燈籠，會帶她到哪裡去。

二〇一六年十月二十四日，彰化和台中一樣熱，但是晚上的風很舒服，尤其她載著我騎過員林大道時，擁有的平淡卻厚實的幸福感，謝謝這趟旅程的第五個晚上，是她。

我想有一個自己的燈，
給自己照明，給自己意義。

06

2016.10.25
南投 · 埔里

橙花

人 心 擾 攘， 悲 傷 綿 延，
如 果 我 能 有 你 的 一 半 單 純，
也 許 快 樂 的 路 會 長 一 點。

她是一個國中國文老師，和我一樣，二十四歲。

我們第一次見面是前陣子在台中的蒔嚐咖啡，當時我有一個小小的演講，而她是坐在台下聽演講的人。她說，如果那天她沒有來聽我的演講，看到這個活動恐怕就不會報名了，因為她覺得一個陌生人來住家裡，有太多的不確定性。我想到前幾天遇到的十七歲女孩的爸爸，當時我問，你們怎麼會敢讓一個陌生人來家裡呢，都不會擔心嗎？女孩的爸爸笑著說，其實我比較擔心妳，我們的擔心只有一個晚上，而妳有三十個晚上。

三十個晚上。對啊，我有三十個晚上。我才忽然覺得這個計劃好像有點瘋狂。三十個晚上，都是陌生人，每一天都是未爆彈。可是，儘管不是陌生人，儘管我沒有出來走這一趟，其實我們的每一天，也都是未爆彈。

她笑著看著我：「妳竟然現在才覺得這很瘋狂。」我有些彆扭地笑了笑，可是仍不覺得後悔。就像她也曾花光了自己幾乎所有的積蓄去韓國念了將近一年的書，她說：「可是還是很值得，那時候如果我不去，我以後就不會去了，就像妳，我知道妳如果現在不做這件事，未來妳想起來時，也不會去做了，只會懊悔自己當初為什麼沒有勇敢一點。」

她說話的樣子不像我國中的國文老師，卻讓我頻頻想起國中時的國文老師。

「我開始教書後，發現孩子真的好單純，不知道他們是用什麼樣的態度在面對生活，明明那麼現實，比如我們班有一個小男生，每次颱風來時他都會說：『颱風來我們家就完蛋了，因為香蕉都會掉下來，我們家就沒有錢了，然後就完蛋啦！』他的語氣不是完全不懂沒有錢的難處，而是有一種，覺得就算完蛋了也還能活下去的樂觀。後來我去問其他的老師，才知道他們家的經濟來源全是靠賣香蕉維生，所以颱風對他們來說真的會很難熬。」

以前，我的腦海裡會冒出一些，比如這個孩子能夠說出如此樂觀的話，是因為他的生活並不由他來負責，而是他的父母，但這一次，我聽見她說完這個故事時，我想的卻是，我們是不是也曾像那個孩子一樣，相信無論哪一天，無論颱風再大，在所有的「完蛋」之後，我們還能樂觀地活下去。

那有一種無法為自己承擔人生的羞愧感，這是成人與孩子最大的差別。可是，我們又是從什麼時候開始意識到把自己放在肩上，跟大聲地嚷著，我的人生是自己的，沒有人可以管我，其實是同一個意思。生命的自由度，延展了生命的韌度，而生命的脆弱，體現了時間的侷促。我們擁有得太多，多到甚至無法完好地回應自己每一個漂亮的想像。

我的腦海一直連結到小時候媽媽說的「長大後，很多的痛苦是來自於我們想要的太多」。如果以此刻的我再重新說一次這句話，應該會是，長大後，很多的痛苦是來自於我們的現實裡包含著生活和渴望。

小時候以為，大人們說的現實最難的是處理溫飽，後來發現，難的不是溫飽本身，而是在還無法溫飽自己時，捨不下溫飽之外的渴望。夢想像是一件件豪華的衣服，一件件掛在心裡的某一個房間裡，他們整齊乾淨，當我們走進去，翻開它的吊牌，每每都是空白的沒有任何標價，於是拿著錢怎麼也買不到、穿不起。（悲傷的是恐怕走進去的我們，是空著雙手，拿不出任何的錢，卻也不敢把這些拾起穿戴在身上，覺得那好像不是自己配得擁有的。）

我們擁有得太多，
多到甚至無法完好地回應自己每一個漂亮的想像。

這是沒有答案的思考。

「學生們的家庭狀況，很多時候老師是無能為力的。」她說：「可是我總會想，除了學業，我還能給他們什麼。我最近很感動的是，孩子們會說，謝謝老師沒有放棄他們，其實我也很難過，他們以前是怎麼樣在學習的呢，而我可以給他們什麼呢？」

孩子們在很小的時候，就有被放棄的感覺了嗎？這反而是我聽她說完後最難過的地方。

她說，她帶的班級成績持續在進步，甚至上一次段考，平均是全年級最高的。「他們考完試後會問我，老師，我們第幾名？我說，第幾名不重要，因為那表示你在跟別人比較，我們應該要跟自己比。他們後來知道自己平均八十六分，又跑來問我，老師，平均八十六分算很厲害嗎？我說，如果你給自己的目標是七十分，那考八十六分當然很厲害，但如果你給自己的目標是九十分，考八十六分當然就表現得不夠好呀。」

我坐在她的機車後座，陽光溫溫的，而我滿身的雞皮疙瘩。這是好簡單的道理，但多可貴，她用孩子們的提問教會他們這些事。我想起教育這件事，我並不是專業地能明白一些教育理念或學術背景的人，但我發現一些有趣的事情，小時候一定會遇過一些老師，他們頻頻地告訴我們做人應該要如何如何，可是在我們與他們的應對裡，卻不一定會看見這些道理。

隔天早上她載著我去吃早餐時，我告訴她，我一直想到我國中的國文老師，我印象很深刻，有一次簡媜來我們學校為老師們演講，剛好時間撞到了國文課，老師讓我們自習，後來，老師跟我們談起簡媜，她說她會喜歡這個作家，是因為她的產量固定，每年每年，都可以從一本書裡看見她這一年的變化，然後看見了她的年輕、她的徬徨、她走入婚姻、她成為母親，在這些歷程裡，老師說，她喜歡簡媜記錄著自己的成長，同時有著自己的思想。

這感覺好奇妙，我坐在她的機車後座，我說，以前我看著我的國文老師去見別的作家，現在我變成一個作家，雖然還不是一個成熟的作家，然後有一個國文老師來找我，這個感覺真的很奇妙。她在我的前座笑了笑，我們路過的街口，有著她的學生站在那兒當小導護，她輕輕向他們招手，他們的笑容靦腆靦腆的，我好像看見自己小時候是如何地看著我的國文老師。

「這些學生有妳當老師好幸福。」我說。

「其實我也還在摸索啊。」她笑了笑。我知道她是認真的，我也是認真的。

她還不是一個教書多年的老師，好比我也還不是一個著作等身的作者，我們像在某一條路的開始遇到，我們聊現實，聊要如何溫飽自己，聊自己想做的事，聊自己相信的事。我一直有一種感覺，也許五年後、十年後，我會想見見她，我想看看我們從自己的開始，走到了哪裡，此刻我們的困惑，在很久以後，是不是都有了解答，或是釋然。

「芊芊世界裡，人心擾攘，悲傷綿延，如果我能有妳的一半單純，也許快樂的路會長一點。」想起她笑起來的樣子，我覺得像橙花，她有一種自己獨有的清麗，我喜歡她的笑容，坐在客運上，我打下這句話。她像明白世界會排山倒海來襲，仍用最大的力氣把自己活得單純的人。

二〇一六年十月二十五日，在埔里的風和日麗裡，她也是一抹風和日麗。

07

2016.10.26

南投 · 埔里

可以跟宇宙對話的人

可 惜 人 生 漫 漫 ,

我 已 負 著 千 瘡 百 孔 的 靈 魂 ,

把 自 己 看 開 , 把 你 釋 懷 。

這一晚的小房東大我十一歲，三十五歲，去年離婚，有兩個小孩，弟弟在二十四歲（我現在這個年紀）時車禍去世。

老實說，她看起來不像是一個三十五歲的人，總是笑得很豪邁，我聽得越多她的故事，越是想不透，一個人要把生命活出多大的韌性，才能讓自己掉進黑洞時，仍找得到回家的路。

她二十多歲結婚，結婚前，她心底一直有一個人，在那個網路不普及的年代，他們之間有無數封通信，打從十六歲認識起，一年見面一次，在聖誕節。他們不曾問過兩人的關係，只是有默契地總是把聖誕節留給彼此。她上大學後，某一次，覺得是時候要表露自己的心意了，於是她勇敢循著信封上的地址去找他，卻沒有找到，恰巧那一天，他跟朋友出遊了。她把她的喜歡寫在信裡，而他回了她：「我也喜歡妳……曾經。」

「我很難過，我以為那是一種拒絕。於是從那之後，我們就不像從前那樣那麼頻繁地寫信了。後來，他因為家裡事業要到大陸去，我們見了一面，我問了他，很久以後，我們有沒有可能結婚，他說，可是他還沒有資格娶我，他的工作不穩定，他想到大陸打拚幾年，如果那時候我們都還單身，他就娶我。他離開台灣後，我陸陸續續寫了幾封信給他，他也偶爾地會回我。直到我懷孕了，決定要跟當時的男朋友結婚。我寫了信給他，在信裡我說，如果你願意娶我，我願意放下一切跟你走，可是他沒有回我，一直到現在，我都沒有他的消息，他就像消失了，或是說，死了，再也沒有出現過。」

「一直⋯⋯到現在？」我瞪大眼睛看著她，我想著，依照現在發達科技，要找一個人，應該不算難呀。

「嗯啊。」她點點頭，像是這些敘述裡，不存在失去，只有歸於平淡的情緒。

「妳沒有想過要找他嗎？」

「想過，但是後來我想，我也結婚了，有了家庭有了孩子，如果他真的不想面對我，我為什麼要去找他呢？」就像西蒙．波娃說的一樣吧，唯有你也想見我的時候，我們見面才有意義。我坐在她面前，緩緩地點了點頭，聽她繼續說後來的故事。

生完第一個孩子沒有幾年後，她的弟弟車禍去世了。我還記得我們聊起兄弟姊妹的時候，我是這樣問的：「你有兄弟姊妹嗎？」而她是這樣說的：「有啊，我有一個姊姊，一個弟弟，但我弟弟車禍去世了。」有一瞬間我覺得自己問錯了問題。在死亡面前，好像所有自然的話語，都藏著不自然。而她的坦然反而更加深了我的不自在，我很怕自己一個不小心又說了不該說的話。

「那時候，我們家一個人始終不說話，一個人總是抽著菸。」她笑得淺淺的：「我媽不說話，我爸狂抽菸。我姊在國外生活，沒有辦法那麼快趕回來，所以在事發到我姊回來這三天裡，是我去處理所有相關的事情，包括不斷跑警局、醫院、靈堂。我看著父母悲傷地沒有任何能力做任何事，我知道我必須要咬著牙去處理，我姊一回來後，我第一次感受到手足的力量，妳真的會感覺到，她能分擔妳的悲傷，儘管妳們都悲傷，可是有一個人能理解妳是如何的難受，在那個時刻裡，是最大、最有效的安慰。」

我只是靜靜地聽著她說，腦海裡浮現我的三個妹妹的臉，我無法想像若失去她們任何一個人，我會是什麼樣子，真的，現在坐在台中火車站附近的咖啡廳裡打著字，我都覺得自己還坐在昨晚她的小餐桌前，那樣的悸動直到現在我已走回明亮的天光裡，但只要一想到她說話的樣子，一想到如果是我失去了一個妹妹，我就頻頻鼻酸，甚至感覺眼淚就要掉出眼眶。

「在靈堂和我姊一起折紙蓮花的時候，我們會聊一些我弟以前做過的很蠢的事情，或是我們小時候相處的狀況，有一個能理解你的傷痛的人在你旁邊，那個傷痛仍然巨大，但好像離自己就不那麼近了。直到出殯的時候，我媽要敲棺材三下，我看著她連手都舉不起來，阿姨抓著她的手，她幾乎已經是倒在地上，那時候我才強烈地感受到，悲傷沒有遠或近，它就在心裡，我媽媽心裡是……是承受著多大的悲傷，才讓她連站都站不穩……」她忍不住哽咽地抽了一張衛生紙，我將雙手摀住自己的嘴巴，眉頭深深皺著。

她說，後來她覺得那些紙蓮花，還有那些儀式，不僅是為了好好地送走死者，更是撫慰生者：「你會覺得，你還能為他做一些什麼。可是當出殯之後、火化之後，那種傷心是不會停的，因為你彷彿從此、從此就再也不能為他做任何事了。」

她的弟弟離開後，她決定要生第二個孩子，她說，她希望女兒有個這樣能分擔悲傷的伴。兒子出生後沒有多久，她就發現丈夫的心不在家裡了。起先他們分房睡，但最後，她不快樂，於是她決定離婚。

「他結婚的時候說，無論生活多辛苦，就算最後我們窮到餓肚子，最後一口飯我一定會留給妳。然後，結婚十二年來，他真的從來沒有把飯吃完過，最後一口，一定是我的。」她看著我，而我像看著自己的母親，聽她緩緩地繼續說：「可是，這樣的人，最後仍會離開妳。妳會給自己無數他離開的解釋，但妳不敢承認，妳不被愛著。」

然後她離開了那個家、打了官司，帶走了小學的兒子。因為兒子從來沒有跟她分開超過三天，所以她想，兒子不能沒有她，直到有一天兒子生病住院，在她工作的醫院裡，她請假，每天住在醫院陪他。

「那天，我看見他坐在床上，看著窗外，沒有表情，我走過去問他，怎麼了嗎？他轉過頭來看我：『媽媽，為什麼姊姊和爸爸沒有來看我？』當下……當下我真的不知道怎麼告訴他，我一直以為是孩子離不開我，後來我才發現，是我離不開孩子。」最後她跟律師說，監護權給前夫吧，他確實是比自己有能力的人。

我沒有想過我會想向她把這件事情問得那麼清楚，因為我所想的，是當時父母分開時，他們是如何地對我和妹妹們說這件事，似乎什麼也沒說，家裡氛圍的改變，讓所有可能的變故成了理所當然。

我記得當時我剛滿十八歲，我們還在那個小小的四人的房間裡，睡著上下舖。那天晚上我的第二個妹妹從床上坐起來，我聽見嘎嘎的聲響，她問我：「姊，妳滿十八歲了對嗎？」我也坐起身，點點頭。

「那妳可以領養我們嗎？」她說完後，最大的妹妹也坐起身附和：「對呀，妳可以領養我們嗎？」

「為什麼想要我領養妳們呢？」我邊說邊露出淺淺的笑容，但我們都知道那不是快樂的笑容，只是一種不想讓自己面無表情的自我敷衍。

「我不知道我要跟爸爸還是跟媽媽。」其中一個這麼說。而另一個說：「我不想跟爸爸也不想跟媽媽。」

「可是如果我們都不要他們了，爸爸媽媽會很難過。」雖然我們都知道，他們的分開，不代表他們不要我們了，但我們總會不免地去想，未來的日子，所有的形狀，是不是都寫著失去。在很久以後，我寫過這樣的句子：「原來，在你們選擇分開愛我以後，我也要分開地去愛你們。不過當時的我們，還不明白失去是什麼樣子。」

「那該怎麼辦？」她們又問。

「我們兩個人跟爸爸，兩個人跟媽媽吧。」我說，也許他們這樣就不會那麼難過了。我也不知道。我只覺得，還好，我有三個妹妹。儘管這些根本不是我們能決定的事情，當時在同一個小房間的胡言亂語，是我們世界裡唯一的安慰。

我跟她說這些事情的時候，她只是靜靜地看著我，我看著她，忍不住想起好多好多那時候的一切，那遠得像是別人的人生的一切。我笑著說，那時候最小的妹妹十歲，我記得她一直好安靜，直到過年那一天，我的父母在爺爺家的廚房大吵了一架，我帶著妹妹們到爺爺家的後院，最大的妹妹和第二個妹妹只是無奈又沉默，只有最小的妹妹面無表情地發著抖，一到後院，她就跌坐在地上開始大哭，沒有人能遏止和撫平的那種大哭。而我們三個姊姊始終是沉默的，我們沒人開口告訴她，不要哭。儘管我們都沒有哭。

「每個人面對失去的方式都不一樣，但我相信一定會好起來的吧。可是，也許有些人，一直到死亡，都沒有好起來，他們只是沒有等到好起來的那一天。」我說，然後她面帶困惑地看著我。好像在跟我說，妳太年輕。

後來，我和她在她家三樓的陽台聊起小時候我跟我妹的相處。她點了一支菸，和我們剛剛喝到一半的梅子酒，我們笑笑鬧鬧的。她說：「妳跟我想像中差好多好多，妳跟妳的文字好不一樣，真的不一樣。」

「如果要一直像文字裡的自己那樣活著，就太累了。」我說，然後我們繼續笑笑鬧鬧，好像今晚是一場夢境，每一句話都能帶我們回到過去的某一個場景，那些有哭有笑的曾經，在此刻自己的心裡，都是有重量的雲淡風輕。

我記得她點菸和大笑的樣子，她說，懷孕前她本來要出國念書了，家裡都把錢準備好了，學校也都申請上了，但因為懷孕，所以人生大大地轉了彎。

「可是如果再選一次，我仍會做這樣的選擇。因為我的每一個選擇，無論是什麼，我都知道自己要去全然地承受，這一路走來，我覺得我活得很認真，很認真為我的每一個選擇負責，所以我不後悔。」

看著她，我才發現所有在年輕裡因為害怕受傷而有的迷惘和徬徨，都那麼可愛又那麼虛無縹緲，原來，再篤定的人生，也會有傷痛，原來長大的情感關係裡，愛是基底，不是追尋。

我看著陽台外的天空，整片都是橘色的。她說埔里的天空橘橘的，是因為全台灣百分之九十的筊白筍都產自埔里，務農的人為了因應需求，晚上也會使用照明，讓筊白筍以為現在是白天，不要忘了繼續生長，所以埔里的光害特別嚴重，沒有星空。

「我覺得筊白筍很辛苦，白天要長大，晚上還要繼續長大，好像都不能停下來。」她邊說邊笑，那一刻，我覺得我們都像是筊白筍，只差在不是世界需要我們，而是我們的未來需要更好的自己去擔起。

隔天她一早就去上班了，留下一份早餐給我，我在她的小餐桌前，從冰箱拿出牛奶時，看見冰箱門上她和女兒的合照，她看起來像姊姊，還有一些食譜。她真的如她所說的，在這些坎坷的日子裡，始終如一地認真迷惘，認真篤定，認真活著。

走出她家時，她男朋友在一樓做蛋捲，麵粉的香味烘得整個房子都是，很暖和。我跟他說了聲再見，然後拉著行李箱從小巷子離開。我回過頭又看了一次她的家。這個地方，我只用幾個小時前來，而她卻走了三十五年才走到這裡。

埔里的陽光熱熱地曬在我的肩膀上，我忽然覺得自己普通的好富有，忽然很開心自己寫的不是名人的成功故事和偉大，而是普通人的煩惱、普通人的嚮往、普通人的人生，那讓我也感覺到自己的普通，這樣的普通，因彼此相遇而富有。

經過一個黃色鐵門的小屋子時，我停下來拍了那間房子。傳給她的時候她說，這裡面住的是她的朋友，一個可以跟宇宙對話的六十歲的女人，非常可愛。我看到這句話的時候，已經搭上離開埔里的客運。我想起昨天晚上的一切，橘色的天空和她爽朗的笑容，她也是個可以跟宇宙對話的女人哪，我捧著手機淡淡地笑了。

二〇一六年十月二十六日，我遇見了一個大我十一歲的母親，離了婚，有兩個孩子。她說她在離婚時，朋友說，結婚這件事，其實嫁給誰都一樣，十年後，一樣沒話說。

「她覺得我要的太多了，可是我要的只是快樂，我願意背負生活裡所有的沉重和傷痛，但我也想要快樂，哪怕一點點也好。」看著現在的她，我好像明白了長大的快樂，不是沒有傷痕，而是負著千瘡百孔的靈魂，把自己釋懷。

謝謝這趟旅程裡，遇見了她。她說，妳真的是女孩，妳還是個女孩。我笑著看完她寫的關於我的段落，是啊，我還是個女孩，如果有一天我也成了家、有了孩子（我一定要有自己的孩子，當她說著孩子如何地改變了她的人生觀，我想起了湊佳苗在《絕唱》裡寫的〈太陽〉），如果有一天，那一天，我三十五歲，希望當我回過頭看著自己有失有得的人生，會感到踏實和飽滿。

我願意背負生活裡所有的沉重和傷痛，
但我也想要快樂，哪怕一點點也好。

08

2016.10.28
雲林 · 斗六

整個世界都是
掉在地上的星星

你 的 一 分 執 著，
就 足 以 抵 抗 世 界，
就 能 和 宇 宙 對 話，
只 差 你 相 不 相 信。

我以為這三十天會過得很快，就是那種想像中的很快的快，可是過著過著，事實似乎不是。在每天重新淨空自己，遇到下一個人，重新填塞自己，淨空、填塞、淨空、再填塞的過程裡，這趟旅程似乎比想像中長。

因為前一晚的小房東臨時無法讓我留宿，於是我有個小小的空檔，室友幫我訂了青年旅社，總覺得是老天爺感覺到了我的狀態，希望我能好好休息一陣。我一直揣想自己覺得這趟旅程很長的原因，明明，每個晚上都覺得特別短，每天早上醒來都像做夢，每一個道別都覺得有點恍惚不太真實，但當自己一個人的時候，就會覺得，呼，好漫長。因為每一個晚上遇見的，不是一個人，而是一個世界。所以，不知道是不是自己裝了太多的世界，遇見她時的我才會有點疲倦，但其實早上睡得很飽了。

我甚至有些內疚，因為在和她相遇的前一個小時裡，我覺得自己有點嚴厲。

她開心地在斗六火車站等我，一見到我，就露出漂亮的笑容。她帶我去吃烹小鮮，聽說是斗六有名的店。這一路，我的話不如前幾天多，可能是和自己花了些時間想了些事情有關。這趟旅程裡，好像小小的事情，都會被放大。無論我是如何的安靜，她仍開朗地迎接我。為了怕我自己失神，我發揮了比平常還要多倍的觀察力，拚命在觀察她是一個怎麼樣的人。

「妳是不是一個不容易生氣的人呀，我是說，就算真的生氣了，妳也只會悶在心裡，不會說出來。」我看著她，她似乎對自己不是那麼有自信。她有點害羞地看著我：「妳怎麼這麼快就發現了。」我不好意思跟她說因為我怕自己恍神，所以很努力地在觀察她。

也許是一開始不知道如何起頭，她很可愛地先說出了很多自己的煩惱，比如她剛升大三，不知道自己未來要做什麼：「我不知道自己喜歡什麼，好像什麼都可以，可是又好像什麼都提不起勁，我媽要我去考公務員，因為那個薪水最穩定。我本來想說也許可以嘗試看看走設計或攝影，可是……那一開始的薪水很低又很累，我媽應該不會同意，我也不想……所以，我應該還是會去考公務員吧……」

公務員，是我一輩子沒有想過自己會踏入的地方。儘管我的父親是個公務員。

「妳要找到一個自己有熱情的事情呀。」我有點情緒。不知道是不是背著對自己的期待走得太久，久得也覺得別人心上也該要有一件被他自己期待的事情。可是等我意識到的時候，這句話已經脫口而出了。她似乎有點尷尬地看著我。

「可能……父母的話也不能不聽吧……」

「可是可以適時地反抗並爭取自己想要的吧。」我說。

「可是我不知道自己要什麼。」她說。

我們沉默了一會兒。其實我只大她四歲。我沒有資格這麼嚴厲地對她說話，甚至，我連自己的路都還沒有走穩走得清楚，這些話，憑什麼。我有點對自己生氣。人好像常常會因為自己比別人多了一點什麼，就覺得自己高人一等，我不喜歡那樣的感覺，可是忽然，不知怎麼著，我好像就變成了自己討厭的人。我想到朋友也曾問過我的，人一定要有夢想嗎?小時候我很肯定地跟她說，當然要呀，長大後我跟她說，不一定，如果妳的生活是妳選擇的，是妳想要的，那就好了。

可是那一晚看著她，我卻突然說不出那樣的話，我覺得某個地方一定存在一個癥結點。

「我知道世界上有無限的可能，可是那些可能，好像都不是我的可能。」她說：「因為我不知道自己要什麼。」

「也許，所謂無限可能的前提，是妳要先打破很多的框架，社會對妳的期待、父母對妳的想像，還有妳對自己的不知所措。」我緩緩地說，像找到了答案那樣地看著她，用緩和的口吻，我鬆了一口氣，覺得那些尖銳的情緒輕輕地溜走了。

「我不知道妳喜歡什麼，所以也不好給妳這一類的建議，可是，現在的我覺得，如果迷惘了，就要找一個目標，如果妳沒有目標，也不迷惘，那就另當別論。我指的目標，是我剛剛說的那些框架之外，只屬於妳自己想做的事。」

她輕輕地點點頭，我挺喜歡她可愛的瀏海，有一種正在過渡的平凡，像是有一天會帶著她變成另外一個人。

一進到她房間的時候，我的目光被她牆上貼滿的明信片吸引。我忽然覺得她並不是一個如她所說，不知道自己想做什麼的人，也許只是沒有那麼明確，但其實都有跡可循。她有一面牆，都是藍色的。

「因為我很喜歡海，也喜歡拍照。」她說：「但也不像那些攝影師那麼厲害，只是單純喜歡而已。」一邊笑得淺淺的。

「我發現哪，每個人都很平凡普通，可是每個人的房間裡，都能在某一個角落看見他與世界無關的執著。」我看著她，也露出笑容：「這就讓妳變得不普通啦，妳要有自信一點。妳知道我房間牆壁上貼的便利貼，根本都不會排排站好，超級亂，妳還會這樣把它們排好，我很羨慕哪。」

她的笑始終淡淡的，我想起要寫她的故事時，一直想著我會不會把她寫得太普通，一如她總是掛在嘴邊的「我覺得自己很不特別」，可是後來，現在的我坐在青旅的小角落裡，我覺得人生的樣子，沒有定數。她所說的、所想的、所煩惱的，是無數像她一樣的女孩會有，在關於感情之外的煩惱。

我想起最大的妹妹張凱曾經很嚴肅地跟我說：「像妳這種知道自己要什麼的人，不會懂我們的心情。」

「可是我也會怕自己達不到我想去的地方，做不好我想做的事。」當時的我有些生氣地這麼回應。其實到現在，我心底仍不知道，是找到目標困難，還是達成目標困難。還是這根本也無從比較，只是我們活在不同的軀殼裡，有不一樣的靈魂，於是有不一樣的人生。

是不是有時候，我們是靈魂相互羨慕，身軀卻行屍走肉，但那樣太狼狽，所以我們會用很多巧思把自己喬裝得其實過得還不錯，遮掩那些足以讓自己重心不穩的迷惘。

隔天早上，她早起準備了早餐，並跟我分享她其實有一個專門分享早餐的Instagram，而有好幾個也會在Instagram上分享早餐的朋友們會一起約出去吃早餐。我在想，那應該就像這一年來在Instagram上興起的手寫風潮，那些字友也會相約出去彼此認識、聊聊天吧。我有一種透過她的日常，看見了無論我們活得多平凡簡單，都免不了依循著科技的發展，走在它們之上，卻仍感到無助徬徨。

那天晚上我們笑笑鬧鬧，喝了蜂蜜啤酒，漫聊了很多簡單的事。後來她在早起寫給我的信裡提到，她原本想和我聊的是她的感情故事，可是不知道怎麼著就聊起了生活和未來，還有那些看起來渺小，其實卻是每個人都會遇見的煩惱。那些煩惱在城市裡，變成一種自然的光景，讓每一個在城裡的人們，都覺得自己微不足道。

我想起幾天前在某個小房東的頂樓拍下的夜景，然後緩慢地在備忘錄裡打下了這一句話，分享到 Instagram 上。

「城市裡的人們都是掉在地上的星星，活得一閃一閃，多遠看都亮晃晃地擁有著光明。」

一個讀者在照片下面留言：「張西，六十石山上的金針花也是掉在地上的星星（笑）。」我想起那張暑假張凱帶我去六十石山拍的金針花，確實，那天我是這麼寫的。

每個人的房間裡，

都能在某一個角落看見他與世界無關的執著。

「對呀。我想世界上有很多東西都是掉在地上的星星，只是碎成不同的形狀，變成不同的存在。」然後我這麼回覆。

再回過神想起她的時候，我覺得她就是眾多星星碎片的其中一塊吧。我們都是。整個世界都是。所以我們常常因此覺得自己與別人並無不同，可是每一塊碎片都在我們來到這個世界上，在撞擊地球的時候，碎裂成不同的形狀，於是每一種生活，每一種樣子，都是獨一的。這樣的我們，始終會亮晃晃地擁有光明。

二〇一六年十月二十八日，我遇見了一個簡單的女孩，道別後，我擁有了簡單的一天。世界的複雜與紛擾，似乎沒有靠我那麼近了。日光緩慢地轉移，一天一天，一年一年，等有一天我們長大，也許我們會很想念，二十多歲的煩惱，那麼可愛，那麼一去不返。

其實這一天，還發生了另一件事。

二十多歲的煩惱，
那麼可愛，那麼一去不返。

記得是告別她後的幾個小時，我收到Ｓ傳來的訊息：「我真的覺得這趟旅行，也許能成一個小小的出版企劃。」其實她在出發前就問過我，但我拒絕了。那天收到這個訊息時，我沒有馬上拒絕，反而是問她為什麼，我很好奇她怎麼會在幾天之後又這麼說。

「我好像看見一個不一樣的妳了。」她說：「這些天，妳遇見的是平常、一般人不會讓別人看見的自己的私領域。如果要我讓陌生人來我家住一晚，我會考慮很久，然後最後可能還是拒絕了。一扇門打開，那裡面的世界是很私密的，不是每一個人都可以進去。」

其實Ｓ傳訊息來的當下，我還在想，哪有可能這麼快我就被更新了。可是仔細想想，每一天晚上，都是一扇門，每一個門後，都是一個宇宙。

十月的中部還是很悶熱的，我的公車經過了鬧區，剛好遇到了紅燈，公車停在第一輛，我看見附近的學生大群大群地走過斑馬線。每個人都一樣。這是我看到人群的第一個反應。真的，每個人都一樣。如果不是外顯得特別明顯，比如穿著全紅或是浮誇的裝扮，每個人都一樣。有一瞬間我覺得長大的過程裡常聽人們說的那句「每個人都是獨一無二的」是一席謊話，每個人都不一樣的時候，每個人就都一樣了啊。所以我們的不一樣是在哪裡呢？我努力回想這幾天我所走進的小房東們的家，我想串聯起每個人都不一樣的共通性，然後我發現，每個人，在自己的私領域裡，似乎都有一個自己最自在，或是說最喜歡的角落，能盛裝嘈雜生活裡最單純的幸福感。

比如她喜歡陽光灑在粉紅色巧拼上反射到牆面的粉紅色光線，比如她的冰箱上有排列整齊的食譜和照片，又比如，這一晚的小房東的房間裡，有一面牆貼滿了海的照片。

我們常說的「每個人都不一樣」，就是不一樣在這裡吧。

在自己的世界裡，在那些走進前需要自己的允許的門裡面，其實都有一方角落，不因別人的眼光而存在——因為不是每個別人都能看得見，也不因任何人的喜好而落成，它依著自己的個性，有著無須向他人解釋和負責的樣子。

它純粹地有一種完整的力量，足以抵抗世界，足以和宇宙對話。

離開那天，離開那班公車，那一個街景和那樣的人群後，我再次想起S的那番話，忽然覺得，如果有機會能把這樣的感受記錄下來，甚至是變成出版的計劃，也許是可行的吧。當然，這樣的矛盾也歷時了一段時間，後來，才在一連串的掙扎中，被旅行後的自己說服，也才有了這樣的一本紀錄。

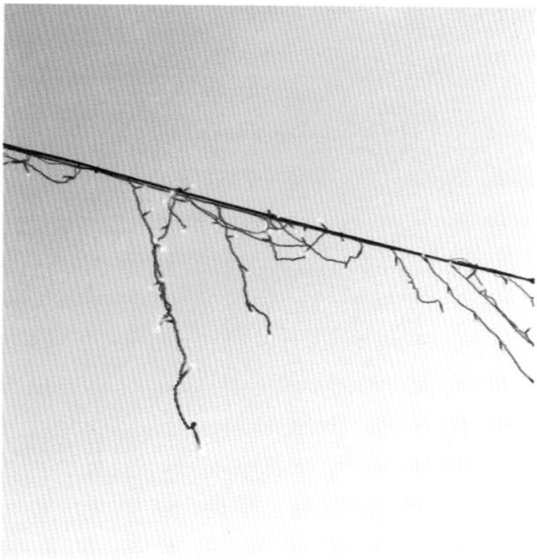

屬於你的一方角落，
純粹地有一種完整的力量。

09

2016.10.29

嘉義

煙花

願我們年輕的開朗，

能沿著日子，走成年老的豁達，

笑聲一如既往，不怕複雜。

「我覺得最震撼的是，她過得不是我們嚮往的人生，她的遭遇不是我們會羨慕的遭遇，可是她卻很快樂。她喜歡她的人生。」

我坐在她的床上，她在地上鋪了好看的巧拼，她的妹妹在浴室洗澡，我和她分享著幾天前遇到的三十五歲媽媽的故事。她聽得很入神，眼睛一閃一閃的。

其實這是我沒想過的場景，故事會疊加，我不是第一天的自己，不是用第一天的樣子和心情獨立而分開地遇見這些願意讓我留宿的陌生人，每一天，我都是疊加過後的自己，所以忍不住會把他們做稍稍地比較，在一個人的時候，想起一些自己印象深刻的小事。

這個晚上，大概是整個旅程到目前為止，我笑得最自在的晚上，甚至好幾次都笑到流出了眼淚。

「其實我剛剛在想，我們說了這麼多不是太完整的故事，或是說，不是那麼多太深奧的事情，妳會不會很難寫？」她有點靦腆地看著我，我輕輕皺眉，然後搖了搖頭。不會啊，我說。其實當下我已經想好自己想記錄的是什麼了。

會選擇她為我的小房東其實很簡單，因為她在這個活動的報名表上，想貿易故事的原因那一欄寫著十月二十九日是中正大學校慶，會有煙火。煙火！當下我看著這兩個字，就覺得一定要去。我上一次看煙火是今年跨年時我跟楊環走在台北的信義路上，從一個遠遠的地方看著一〇一放煙火，再一起走回當時我在大安的家。

煙火這個字時常出現在我的文字裡，甚至我做夢也很常夢到，可是這一次看煙火的經驗卻是我最喜歡的。

她和妹妹把我接到中正大學的田徑場，前面的台階上有一些布置好準備要點燃的火藥，我們坐在操場中間的草地上等待。那時候心情還沒有那麼激動，很多人拿著手機準備要攝影，我也是。煙火開始的時候，我拿著手機頻頻錄影，深怕錄不到好看的樣子，所以只一直盯著手機小小的螢幕。一會兒後，我覺得應該要看著天空，於是我收起手機，餘光看見她和她的妹妹也望著天空。煙火離我們很近很近，好像每一次「碰」一聲都會變成一個很大的擁抱從整個天空那樣擁抱自己。十月底的嘉義已經逐漸轉涼，風輕輕地吹，人很多，可是每個人都好專注。我跟她說，我好喜歡這種感覺，像慶典，大家都在期待同一件很美好的事。

她笑了笑，她的笑容是很開朗的，和她的妹妹一樣。

每次聽見她們兩個人的對話，都會讓我想起我和張凱還有我的另外兩個妹妹。如果說旅行會讓人想念，我是相信的，因為從來不會知道自己會在哪個轉角看見熟悉的光景，好比我遇見她們。

她的妹妹說，姊姊第一次領機車的時候，打給她，問她有沒有空，當時妹妹正在跟朋友吃飯，並且等等還有約，所以姊姊只是對她說：「沒有啦，我只是想要我的新車第一個人載的是妳。」

「我聽完馬上在學餐飆淚，我跟我朋友說等一下我不去了。我馬上搭車衝到嘉義找我姊。」妹妹一邊笑著說，一邊比手畫腳。她們是那種，很容易被彼此逗笑的姊妹。看著她們我總會想，別人是不是也是這樣地看著我和張凱。

她們輪流去洗澡的時候，我們反而比較沒有那麼笑笑鬧鬧。怎麼說，跟她們一起討論那些生命中荒謬又好笑的事，其實很放鬆。我當時就想，我們在面對一個陌生人，來到自己的私領域，每個人都有自己的一種樣子，我們的相遇，會先用自己最自在的方式應對，而每個人的自在或開口的契機與內容，其實都能微妙地感受到他是一個怎麼樣的人，還有他現在的生活狀態。

原本我總會期待，一個晚上能看見一種日常，那就再好不過了。我像一個小小的旅人，看著他們切片的生命，然後我又走了。他們的生活繼續著。遇見這對姊妹時，我才感覺到，每個人的一天，在生命裡都是可以被擴散的一個點，每一天都藏著玄機。日子裡面藏著很多的祕密。

「願妳始終開朗，笑鬧一生包容所有遺憾。」這是我寫給她的妹妹的話。然後我寫了這麼一句給她：「願我們年輕的開朗，能沿著日子，走成年老的豁達。笑聲一如既往，不怕複雜。」

我喜歡她們給我的感覺，在自己的一方角落，用自己的方式，愛著彼此，一起前進。打著這些字時，我一直想著那天晚上坐在草皮上看著煙火的我們，幸福感從心底像泡泡一樣咕嚕咕嚕地一直冒出來。我想，她們也是這樣的人吧，因為有足夠澎湃的愛，才足夠她們彼此扶持走上更遠的路。

二〇一六年十月二十九日，遇見她們，像是休息。然後意外的隔一天，我又有個小小的休息之旅了。覺得自己開始有些浮動，卻都是旅程的痕跡，謝謝這些痕跡裡，有她們。

願妳始終開朗，
笑鬧一生包容所有遺憾。

IO

2016.10.30
台南

變數

所 有 的 變 數 都 是 試 煉 ,
也 都 是 緣 分 。

這天是抵達台南的第一晚。小房東在來接我的路上出了小小的車禍，於是這樣的意外，讓我又多了一個獨自的夜晚。那感覺挺奇妙的，好像有什麼在浮動，一切就都會不同了。

手機在上火車沒多久後就快沒電了，於是我關了網路，把手機收進口袋。我緩慢地去吃了晚餐，買了一杯木瓜牛奶，走到臨時打電話訂的火車站附近的青旅。這一晚一切都像漂浮的。找不到一個原因，就覺得自己好像掉到另外一個時空裡，不在自己想像或規劃的地方，做一些不在想像和規劃中的事（或成為不在想像和規劃中的人）。就是一種自己對變數的無能為力和懊惱。

後來，收到小房東給我的照片，我忽然覺得，所有的變數都是試煉，也都是緣分吧。本來想用命運來形容變數，可是命運太沉重，而緣分輕輕的，聽起來是很溫柔的一種彼此連結的關係。

「我成為別人的變數的同時，別人也在成為我的變數，於是我們在同一個方程式裡，沒有明確的運算規則，爬到山頭等結果吧，或是等天亮。此刻我們先一起看星星。」

11

2016.10.31
台南

月亮心臟

在庸碌和庸碌之間，
熱一杯牛奶，坐在草地上，
想一些無關要緊的瑣碎小事，
煩惱一些無從解決的煩惱。

坐在台南火車站附近的某個角落，早上體驗的那些冒險設施到現在還意猶未盡。這一晚遇見的小房東，是一個在度假飯店工作的活動企劃專員，她住在飯店的員工宿舍裡，隔天一早我很榮幸地有機會能體驗一些飯店裡面的遊樂設施。

要離開的時候她問我最喜歡哪一個設施，我說高空漫步裡，我走最久的那一段。高空漫步是一個三層樓高的設施，總共有四段（四種不同的繩索綑綁方式），繩索下完全騰空。我要繞一圈把四種繩索的組成都走完才能回到原點。我走最久的那一段是只有一條繩索，頭頂上方平均掛著五條麻繩，通行的辦法是拉著麻繩像螃蟹一樣側著走在繩索上，想要前進，就要很勇敢地放掉已經經過的右手的麻繩，然後伸出左手去抓左邊的新遇到的麻繩。

「接下來，要走完這一條路的唯一祕訣就是，要勇敢地放手。」

這大概是跟她相處的十五個小時裡，我印象最深刻的話了。她笑著說完後，開始進行行走的示範，看似非常輕鬆的像她說的那樣，放手、前進、放手、前進，直到走到空中的中繼站。

「可是那條路妳走最久，而且妳一直晃又站不穩，妳不是很害怕嗎，為什麼會最喜歡？」

「因為我跟自己說了最多的話。」我說。她是看得見的，在三層樓高的地方，只踩著一條跟我的食指一樣粗的繩索，我每放手一次，都要深呼吸，跟自己說，好，現在要放了，每想要抓到下一條麻繩都要屏著氣，跟自己說我的手夠長一定抓得到。總共四條路，我大約走了半個小時，但光那一條我就走了十分多鐘。

其實在她的言語裡，就可以感受到她靈魂的氣息，她是一個非常真切的人。前一晚遇見她時，她很有禮貌地上前問我，妳好，請問妳是張西嗎？然後禮貌地進行自我介紹。她的語速總是慢慢的，有一種很可愛的靦腆。我們騎了很長一段路，終於來到山裡的這間飯店裡。梳洗過後，她說，我們可以到游泳池邊聊天。想起來就挺浪漫的，我馬上答應了。

本來我在懊惱，該要怎麼把她的故事寫下來，就像寫前幾篇日記一樣，但現在我卻更想寫一些我直觀的感受，把情節藏起來。

其實自己也一直在想，我不需要在很多時刻都很有意識地思考或反省，可是生活中總會有一些事情讓自己不得不深刻，比如我真的差一點腳滑掉下去，雖然知道有著能承受一千公斤的扣環在保護我，但仍覺得只要自己不夠冷靜地跟自己說不要怕，我就還是會怕。後來，在離開的路上，我的世界一直很安靜，始終在想那十分鐘。

我的旅程似乎亂了步調，更晚地與小房東們見面，因為需要更多時間沉澱和書寫。在前兩次意外地獨自入睡之後，好像變成了第二趟旅行，用另外一種方式，去看前幾天的自己，和接下來會遇到人們。現在我再次想起她。

她是個很可愛的人，每天晚上她都會念一篇我第一本書《把你的名字曬一曬》中的文章給室友聽，尤其是當大家那天受主管責罵，或是颱風來心情特別鬱悶的時候。有一次室友偷偷地聽到哭，她害羞地笑著說，覺得自己能透過這樣的方式給別人力量很溫暖。其實寫到這裡，我感覺到自己的心好熱，眼眶也是。

前一晚睡前她說，謝謝妳推薦了林達陽的《慢情書》，她因為我的推薦於是去

要走完這條路的唯一祕訣就是，
要勇敢地放手。

買了，然後她看到了林達陽筆下的S，心頭一震，覺得那就是她的書，因為她的心裡也有一個S。我看見她的脖子上有一條項鍊，上面寫著宋珍希，我想那就是她的S吧。一個來自韓國的女孩，在意外的年華裡相遇，這一牽絆，就是一生。她是這樣看著我的，好像把所有的祕密都給我了。

我忍不住跟她說：「妳有一顆像月亮一樣的心臟，總是能從別人的牽絆裡閃閃發亮，這一路走來，妳已經坑坑疤疤，卻仍有漂亮的光芒。」她笑起來很漂亮，是阿美族深邃的五官，和單純的思想。

回到她房間後，我問她能不能翻翻桌上那本小小的李屏瑤的《向光植物》，她笑著點點頭說她也很喜歡那本書，那是一本在說女生喜歡女生的故事。就和她一樣。她喜歡女生，可是她也是個女生，會早起跟我一起塗塗抹抹，把自己弄得漂漂亮亮。

「我覺得別人問我，我是偏向男生的女同性戀還是偏向女生的女同性戀，就還是用兩性在定義我。我都不是啊。我是我自己。我喜歡女生。就這樣而已。」

後來，每想一次她說的這些話，都很有力量。

她在早餐的時候拿著《把你的名字曬一曬》，問我她看不懂的那一篇——〈龜兔不賽跑以後〉。她很認真地問了我其中一句：「為什麼妳會寫『我們本來就不是童話，我們是在生活』，他們不是童話故事裡的角色嗎？」

「噢，」我露出笑容看著她：「我想說的其實是，我們會很容易把自己想像成童話故事裡的角色，尤其是在極為幸福的時候，覺得自己好像終於走進那種幸福洋溢的童話裡了。但其實我們不是，我們是平凡的普通人，我們若擁有幸福，也仍是在生活。」

她坐在我前面，又再看了一次，緩緩地說：「嗯，我好像看懂了，謝謝妳。」

「不會。」我露出笑容。

看著她和同事們在那個度假飯店裡打掃、曬著太陽，看著遠遠的關睢，聽他們說這裡四五點的風景，還有飛過的燕群，前面是曾文溪。我覺得自己離台灣很近。

好像離開了台北，離開了見不到這樣山河的城市，我才看見自己所在的土地，擁有摩登以外的風景。這樣的景致，在漫漫的時光裡，好像有著走得比台北的人們更緩更慢的生活，也許那不是我的，或我所知道的大多數人所謂汲汲營營的追尋，可那也是其中一種，在我生長的這塊土地上的生活方式。

二〇一六年十月三十一日，旅程滿十二天，南台灣的晚上也逐漸轉涼，需要穿上小外套。

「有一種時光是這樣的，在庸碌和庸碌之間，熱一杯牛奶，坐在草地上，想一些無關要緊的瑣碎小事，煩惱一些無從解決的煩惱，感受自己的平凡，然後把自己放走，見證自己的勇敢。」

我在和她道別後的客運上寫下這段話，這是她給我的感覺。我一直想著她教我的，要放手才能前進，完成一條自己選擇的路，儘管路途中感到後悔，也仍要走完它，這樣過程裡的掙扎和突破，在終點都會換得一個爽朗的笑看當初的自己。就像她的月亮心臟，所有的傷痕，都變成繼續生活的力量。

想著要去見下一個小房東，又是一扇窗，一個世界，一種日常。忽然覺得啊，當這趟旅程結束的時候，我應該會忍不住哭出來，謝謝這些人，在我的不同狀態裡，都是那樣地信任我，把他們生命的某一部分，用一個晚上的留宿，分享給我。我不是時時精神飽滿，也沒有時時樂觀開朗，每一個我，遇見的每一個他們，都那麼獨一和深刻。

寫到這裡，鼻子有點酸酸的，謝謝這一晚能遇見她，好像在另外一個世界裡，走著不同的路，卻在一樣的語言裡，遇見和共享漫漫的天光。我們經過彼此的人生，用一些簡單的言語交錯和擁抱，然後相視一笑，此生也許再也不見，卻也不遺不憾。

感受自己的平凡，
然後把自己放走，見證自己的勇敢。

12

2016.11.1
台南

再見，小可愛

想 要 的 人 生 ，
這 個 問 題 是 沒 有 答 案 的 啊 。

難得六點半起床吃早餐，因為要搭配她的上班時間。

她是一個來自苗栗的工程師，二十八歲，與交往五年的男友分手剛滿三個月，換工作剛滿一個月，正在很多的煎熬裡。

她在台南的住處是公司提供的員工宿舍，但宿舍規定除了一等親以外不能夜宿，於是她訂了附近的一間小商旅。在火車站見到她的時候，有一種看見了人們將近要三十歲的樣子。所謂的人們，大概就是我簡單的腦袋裡所能想像到的，每個人都會有的三十歲以前會有的樣子。我也不確定能不能用她來概括我所遇見的近三十歲的人們的樣子，那離我有點遠，又有點近。

所以其實，起初我有點怕自己不知道要和她聊什麼。遇見比自己年輕的，或是跟自己同齡的，會覺得像朋友，遇到幾天前的三十五歲的媽媽，會覺得她所有的困惑也都不是困惑，她已經走出自己人生的樣子了。可是一個介於二十五歲至三十歲的人，好像有著我還沒體會過的煩惱，比我先走了一些我還沒走過的路。卻還沒走過。就像我們正排成一列要一起通過一個漆黑的隧道，走在前面的人們，看似離出口比較近，卻不一定比較堅定。

不過後來，在我們的漫聊裡，我發現自己的擔心是多餘的。她像那種故事裡的傻大姐，走路很快，會很認真聽我說話，很認真在困惑，笑起來很豪邁。然後，我意外發現我們身上有著很像的經歷。這大概是這趟旅行裡，我第一次這麼直接地說著與某一任前男友分開的細節。那是很遠的一件事了。但當她在說她的故事的時候，那些相似的感受我仍記憶猶新，卻像是隔著一層厚厚的紙，無法真的弄痛我，或是讓我有其他悸動。我說起他的時候，就像在說一個別人的故事，沒有特別的情緒。

「也許很早就有徵兆，只是我沒有注意到。」她說。我點點頭，看著她，也想起了當時我所忽略的那些蹊蹺。然後，我看見了我和她真正的不同。

「我的青春都在他身上了。我快要三十歲了，我覺得三十歲是一個坎，我不想要到那時候仍覺得自己什麼都沒有，我想去尋找其他的可能。」

年輕的我，擁有過幾段感情，覺得自己仍可以再受傷幾次，仍會把感情考慮進未來裡，或是說想像進未來。我知道自己有自己捨不下的追求，只是在這些追求之外，我仍對愛情有著期待。我不知道她是不是，但我從她的言語裡看見，她像是來到了一個要和小時候的自己道別的地方。人們說的，二十歲到三十歲的黃金十年，有一半在這個男孩身上，一段戀情的結束忽然變成一個階段的告別，在剛剛好的年紀，一切重新開始。

她離開台北，一個人來到台南。現在的她一切都不適應，總為自己的平凡徬徨，不想只是父母眼裡所期待的工程師，卻還摸不清楚自己喜歡什麼、想要的人生是怎麼樣的。儘管如此，她仍一邊困惑一邊前進。我覺得這是棒的事，因為可怕的是一在徬徨中停下來，就誤會那是不可抵抗的死角，再也無法轉彎甚至前進，於是庸碌一生，活在那樣的角落裡，看著一小片藍天，許永遠完成不了的願，當作溫熱自己的小確幸。

「所以就算找不到自己真正喜歡的事，也不能停止尋找。我覺得人生的無限可能，是對很多事物有很深的敏銳度，或是說想像力，從這裡面發現好多的可能，然後也許有一個，就值得我們用一生去追尋。我們真正喜歡的事情，或是真正想

走在前面的人們，看似離出口比較近，
卻不一定比較堅定。

完成的事，從來不是立竿見影的存在，說了就會發生。」我看著她，想起昨天在度假飯店裡的女生，她讀著我書裡的那篇〈小幸運〉：

「我問妳喔，妳覺得每個人都一定要像妳一樣，有一件自己喜歡的事，有一定要完成的夢想嗎？」曾經有個朋友這樣問我：「我的夢想不能只是把每天的生活過好嗎？」

如果是以前，我會大聲地告訴他，不，人一定要有遠大的夢想，那是我們活著的動力，我們眼睛閃閃發亮的原因，怎麼可以沒有夢想。但是，還好，當他問我的時候，我已經不再這麼想了。

「我覺得不用。」我看著他，沉默了一會兒，他一臉像是覺得我在騙他，於是我繼續說：「我覺得重點不是在我們有沒有夢想，而是我們有沒有培養自己擁有選擇的權利。如果把每天的生活過好是你的選擇，當你真的做到了，安安穩穩地生活，你不去執行偉大或熱血的事也無所謂啊，因為那是你的選擇。而我選擇堅持我喜歡的事，選擇天真地作夢，選擇嘗試一步一步慢慢實踐。我們的差別不是有夢想跟沒有夢想，而是選擇的不同，僅此而已。」

但是你知道嗎，我們有多幸運，我們處在的家庭背景和環境，讓我們能安然地培養自己選擇的能力，社會上有多少人，無法選擇，對於現實的無奈只有無數無數的不得不。當那些條件相對優渥的人們喊著我們應該相信善良、相信夢想的時候，其實已經是站在多少的幸運之上去揮舞生活的旗幟。

我把其中這段文章分享給她，她靜靜地看著我：「我好像有點懂了。」

看著她，我莫名地就相信，她不會讓自己停下來，我的意思不是永遠熱切地前進，而是明白所有的停留都是暫時，她會找到自己生命裡的主幹。

「我總是想，我是不是思考得太少，看的書太少，讓人生好像沒有夠多的東西能成為我的主幹，可能是中心思想、自己所相信的核心價值或願意花一生去完成的事。」坐在小商旅的雙人床上，她是這麼說的。

「雖然想要的人生，這個問題是沒有答案的。」她說。

「每個人都在找答案，用不同的方式。可能到死的最後一刻我們並不遺憾，就是答案了。」我說。

其實我也不知道對不對，對我來說，二十初歲的小女孩和二十八歲的大姊姊，有著幾乎一樣的煩惱，但好像又不一樣，年齡似乎變成一種不可抵抗的綑綁，把自己綑得越多圈、越焦慮、越無法動彈。

我想起她說為什麼她會來參與這次的活動，總覺得特別奇妙。她並不是追蹤我的文字很久的讀者，真的，一切都只是因為她想要給自己更多的嘗試和可能，於是她報名了，於是我們相遇了。她笑著說，妳會不會覺得很荒謬，今晚跟一個大姊姊窩在一間小商旅的房間裡，聽她隨便說一些她的生活。我笑著點點頭，我說，其實我已經有逐漸覺得這趟旅程蠻瘋狂的，所以現在這很像一場夢。果然，我現在打著這些字，那一晚就像夢一樣，我彷彿還記得她的聲音和笑容，但我們已經回到自己的生活了。

吃早餐的時候她皺著眉苦笑著說：「我知道妳本來是想去住報名這個活動的人

的家，去參與一個人的生活、看一看他是怎麼樣的人，我帶妳來住旅館是不是就違背妳的本意了？實在好抱歉噢。」

「不會呀，選擇這裡也可以看出妳的生活方式和妳是個怎麼樣的人呀。」

她笑了笑，把她剝好的柳橙放進嘴巴裡。商旅的早餐是自助式的，她的盤子裡裝了一點肉絲和青菜、炸花枝上面淋了一點油醋醬，還有幾片柳橙，她倒了一杯熱咖啡，和一碗麥片。我的則是肉鬆、醬瓜、醃竹筍，一碗稀飯和一碗麥片。我把最後一口稀飯吃完，然後笑著說：「就連早餐也會說話呢，不小心就透露了一個人的習慣和祕密。」

「妳很習慣吃中式早餐嗎？」她問我。

「沒有耶，但小時候常吃，現在一有機會就會想吃。」

「我也是小時候常吃，但後來習慣不吃之後就幾乎沒有再吃了。」

忽然就看見了自己的念舊啊。

我們在七點半離開旅店，不知道是不是沒睡飽，我搭上了反方向的火車，慌張下車之後來到了極為偏僻的一個車站，坐在老舊的白色塑膠椅上記錄著這一晚。風涼涼的，很喜歡這樣的早晨。覺得特別喜歡自己今天身上的顏色，很秋天。

不知道我二十八歲的時候，會有什麼煩惱，會成為什麼樣的人，會不會也走去了要跟小時候的自己說再見的地方，要把一些期待捨下，要把一些恆常的現實當作生活的基底，然後回頭看著帶著這些嚮往走到這裡的自己，如此純真可愛，如此不可挽回和保留。

「再見，小可愛。」是我的這篇日記寫到一半，忽然冒出的標題。如果二十八歲的我是這樣的和自己道別，轉身之後，應該會更勇敢吧。

二〇一六年十一月一日，台灣似乎要正式地進入冬天了，我傳了訊息跟室友說，好奇妙的感覺，我離開的時候是夏天，回去後，就是冬天了呢。這幾天台北的很多朋友都傳訊息叮嚀我，天冷了，要多穿一些，不過台南仍暖暖的，現在穿著薄長袖很適合，中午的話還有點熱，跟台北很不一樣。噢，台北，我生活了近十年的地方，忽然覺得它是一個離我好遠好遠的兩個字。

回頭看著帶著這些嚮往走到這裡的自己，
如此純真可愛，如此不可挽回和保留。

13

2016.11.2
台南

鴿子

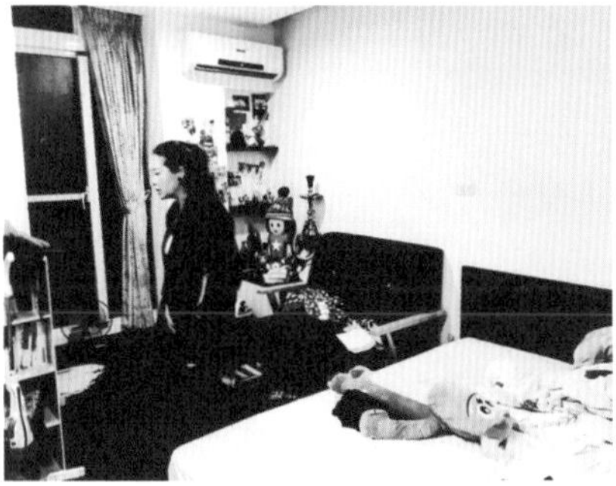

每一天，都把陽光剁碎，
重複煎一個自己的名字，正面和反面，
當早餐，當晚餐，
當零碎的一生裡，最好看的眉角。

「幹，林北覺得每次走在街上，柏油路都在看我，但它根本不知道我走的每一步，都在死掉。」

她躺在我旁邊，頂著一頭漂亮的自然捲，身上蓋著小小的毯子，我看不見她的表情，但我可以想像得到，雖然直到現在，我們相處還不滿五個小時。這五個小時，好像就改變了我很多的地方。我想起長大時長輩們最愛說的那句話：世界很大，大得超乎我們的想像。但事實是，只要我們不曾見過所謂世界，就無法完好地想像甚至理解這句話。而世界可能只是一種與我們截然不同的生活方式。遇見她，就有這種「原來如此」的感覺。

第一次見到她的時候，我有些嚇到，她不笑的樣子很兇。她騎打檔車來載我，一身黑色的外套和牛仔褲，紮得高高的馬尾，一雙圓圓的大眼睛。這趟旅程有一個有趣的地方是，他們總會認出我，而我也總會認出他們。其實我會慣性地在見到他們的幾分鐘後偷偷地揣測我們認錯彼此的可能，不過目前為止還沒發生過。

她帶我去吃台南好吃的牛肉湯，也介紹了一些台南有名的需要排隊的店家。我有一種她是道地台南人的感覺，好像台南的大街小巷她都走過。不過她不是台南人，她來自嘉義。「我需要跟我媽保持一定的安全距離」，她說，「嘉義到台南，挺安全的。」我坐在機車後座大笑了幾聲。那時候我以為，這是一個很普通的二十三歲的年輕人，不想待在家裡，想在外面打拚的理由。後來才知道，我的想像根本把自己框住了。她過著我完全無法想像的人生。

她有兩個妹妹、兩個弟弟，她口裡的「我爸」並不是親生父親。母親在生下她後不到一個月，就與她的生父離婚了。這輩子，她只見過生父不到五次。第一次，是打官司的時候，那時的她莫約四、五歲，母親要她在一張紙上簽名，她什麼也不懂，就簽了，結果那是要告生父棄養的單子。

「我生父不喜歡我，我知道他根本就希望自己沒有這個女兒。我曾在路上巧遇他，我們裝作不認識。」

後來，她的母親再嫁，自她有記憶以來，口裡喊的爸爸，就是繼父。當時她的母親帶著五歲的她，她的繼父帶著兩個比她小的女兒和兒子，兩個單親家庭，從此變成一個家庭。一家七口的開銷很大，她從國中開始在校內打工，因為家裡付不出學費，她以校內工讀抵免學費。她的母親沒有任何正職工作，一切的花費都是賭博賺來的（還有輸掉的）。

「小時候我媽媽教我看數字，不是為了教我數學，而是要告訴我，她什麼時候回來，比如她會指著日曆跟我說，這是六，妳每天翻一張，下次看到六的時候媽媽就回來了。可是通常都要過了好多個六才會看見她，我一個月，大概就看到她一次吧，其他看到的都是壓在冰箱門上的紙條還有錢。」

與另一個家庭共組新家庭後，母親比較常在家了，不過母親極致的歇斯底里與暴力傾向，是另一件她要開始學著面對的事。我不想用惡夢去形容，因為她自始至終都沒有這麼說。母親的施暴情形嚴重到讓她的妹妹要頻頻請假，無法上學，甚至其中一個妹妹被打到長期中耳炎，無法痊癒。

「我曾經覺得，都是我的錯，我一定是做錯什麼事了，我媽才會這麼生氣。」

她看著我，而我像用最近的距離，看著我以前覺得最遠，只會出現在書上或老師口中的世界。

「後來，我最小的弟弟出生了，才剛滿一個月吧，林北我那時候才八歲，我媽有一次外出時除了在冰箱門上壓錢以外，還壓了一張紙條，上面寫著：『長姊如母，妳弟從今天起就是妳的責任了，照顧好他。』當時我想，蛤，三小。不過媽媽不在，我也只能開始照顧弟弟，我記得第一次幫他換尿布，他一攤屎就這樣噴到我身上，我心想，幹，這個責任怎麼那麼臭，媽的三小長姊如母。」不過這個責任，她一擔，就擔了十五年，甚至未來，更久，她都覺得她要照顧好弟弟。

「小時候我弟被別人欺負，我看到就走過去給他一個過肩摔，那時候我國一吧，我還記得對方跟我說：『幹，林北不打女人，妳最好不要逼我動手。』我就跟他說：『林北沒說我不打壞人，你有種就來。』後來我把他們打得鼻青臉腫，結果他們說要報警，我就說好啊，走啊去警察局。我爸就在離學校最近的分局裡當警察，我一到警察局就跟我爸說，爹地，他們欺負弟弟。他們全部傻眼。後來，我弟一直到高中，都沒有人敢動他哈哈哈哈。」她邊說邊笑，我也笑了。其實大多時候她說起這些的時候，我都是看到她笑我才敢笑。這些過去，不知道是真的那麼有趣，還是因為她已經走得太遠，所以不覺得痛了。又或是仍然疼痛，但知道感知一份疼痛並無濟於事，不如就放聲大笑。

在長大的過程裡，父母的暴力仍然持續，她說，他們五個孩子都會想盡辦法拖延回家的時間，因為回家就會被打，他的父親甚至會把他們吊起來打。國二那一年，她跟校醫拿了一瓶安眠藥和抗壓劑，回到家後，吞了五十顆安眠藥和十三顆抗壓劑，配半瓶酒精濃度五十趴的酒，躺在床上想要死掉。她聽見妹妹害怕地搖著她，一邊喊著媽咪，姊姊不會動了，而她的母親只是冷冷地說，她在裝死吧，趕快把她叫起來煮飯。

如果死能裝，那這個世界上應該會免去很多的不幸。而那一天，她是真的想死，但她沒有死。

「從宇宙看來，我們都渺小，但因為我們渺小，就要放棄生命嗎？」她的老師發現後，這麼問她。

那天老師因為要讚美她的考試成績，想輕輕拍她的頭，她下意識地閃躲：「因為會痛，我媽是會兩手抓著我們的耳朵，抓我們去撞牆的，所以我的頭都坑坑疤疤。老師就這樣發現了我們家的狀況。但在這之前，我不想讓別人覺得我跟他們不一樣，所以我都裝沒事。」

這句話她一直放在心裡，而這一切的停損點，是二十歲那一年，她發現母親在她十八歲之後，頻頻用她的名字去非法貸款，她知道的時候，她的名字已經背負兩百多萬的債務。

「幹，這樣我什麼都不能做了好嗎，什麼出國唸書，什麼貸款創業，誰會借我錢？那時候我媽還會打我，最後一次是，我很冷靜很用力地抓住她的手，非常鎮定地跟她說，林北二十歲要告訴妳的第一件事，就是妳再也沒有資格打我。」然後她休學、離開家，開始還債。什麼工作她都做，業務、酒促、電話行銷、賣打檔車，一天睡不到三小時。兩年後，她還清所有債務，並買了一間房子，付了頭期款。

「買房子？」我驚訝地睜大眼睛。「那是給我爸媽的，我自己現在住的還是租的啦。因為我不想要他們再這樣提心吊膽地過日子，給他們養老用的。現在還沒讓他們知道。我這輩子除了我媽跟我弟，其實也沒有別人了。」

今年她二十三歲，人生已經開始二十年了。帶著無數傷痕活著，所有的埋怨不一定都撫平了，卻始終堅信善良，始終讓自己善良。一如她說的那句話：「很多人都說，我怎麼可以這麼相信別人。可是我覺得，我相信的不是人，我相信的是善良。」

「可是妳是怎麼學會何謂善惡的？」台南的晚上涼涼的，坐在機車後座的我永遠有問不完的問題。

「看書呀，小時候我媽不回家，有時候會把我丟給保母，保母家有很多書。我記得是國小五六年級吧，我看了心理學的書，發現原來我媽這樣是生病了，是不正常的，從那時候我會開始去觀察什麼是正常、什麼是不正常，其實我到現在都沒有答案，『正常』，有答案嗎。」她轉頭笑著說，這不像一個問句，我沉默著。

這一晚的這個世界，是在離我的世界很遠很遠的地方，不只台北和台南的距離。

帶著無數傷痕活著，
卻始終堅信善良，始終讓自己善良。

離家後的她，就像一般的女生一樣，認真地談戀愛，認真地在戀愛裡當一個可愛的女人，認真地失戀，也像一般的女生，洗完澡和起床時會塗塗抹抹，把自己弄得漂漂亮亮的。其實她是一個五官很精緻的女生，一雙圓圓的眼睛，好看的瓜子臉，只是有點霸氣。不過她也總笑著說，那些小女生可愛的煩惱，公主般的打扮，她都沒有過，所以當她看著別人的孩子笑得很天真單純時，她會很高興，那樣的高興不是羨慕，而是替那些孩子感到幸福。

晚餐後我們坐在一間咖啡小酒館裡，昏暗的燈光，她的笑容特別真實和暖和。我很享受那樣的時光，好像我是一隻螞蟻，走錯了路線，來到她這裡，發現這裡沒有糖，但仍有活下去的力量。

「在我自殺沒有成功那一次之後，我發現死很簡單，難的是活下去。我想挑難的事情做，所以我沒有再自殺，也不會再自殺。也許我到四十歲還是個混蛋，但至少我活著，我會繼續活下去。」

看著她，我覺得她每說一句話，我就被改變一次。在我不長不短，卻已經長過她的人生裡，我所以為的悲傷其實都在太多的幸運之上，我所以為的難受其實都仍帶著驕縱。

「妳覺得，什麼是愛自己？」我想了很久，忍不住這麼問她。

「憂鬱症發作的時候，會一直有想要死掉的念頭，那是沒有陽光的狀態，因為覺得自己是個很糟糕、很爛的人，我覺得愛自己是這樣吧，在那個當下，不去說服自己沒有很爛，而是想辦法轉移目標，讓自己看見，其實我仍有好好活著的能力，只是她（母親）沒看到，但我不需要因為她沒看到，就覺得我的這個能力不存在。我覺得愛是本能，但好好愛一個人是需要練習的，包括愛自己。」

昨晚，她洗完澡，坐在床上邊擦著頭髮邊看著我，問我穿的裙子是在哪裡買的，我愣了愣。「我好像要來換一下穿衣服的風格了。」她笑著說。我覺得她好可愛。然後我們拿著手機趴在一起討論她適不適合穿有蕾絲裝飾的衣服，我苦笑地說她可能還不適合，風格要慢慢轉換才行，她聽了之後很大聲地噗哧笑了出來，就像一個沒有受過傷的小女孩。

跟她道別時，我沒有擁抱她，不知道為什麼覺得問出口好像顯得我有點彆扭，所以我沒有問，她坐在她的打檔車上，從手中接過安全帽，帥氣地跟我說了聲再見。我想到我來之前，她說很擔心我的安全，差點要準備電擊棒給我，就忍不住揚著嘴角。

二〇一六年十一月二日，我覺得自己轉了一個彎。生命並不溫柔，也不會終其一生都荒蕪或華美，它以自己的名字，在每天早晨，重複地把陽光剁碎，重複地受傷然後癒合，重複地讓自己成為世界裡一個好看的眉角。

「小學的時候，我寫過一篇作文，叫作鴿子。課本上說，鴿子代表的是和平，但我覺得是平衡，平衡自己的每一個狀態，還有自己的善良和醜陋。我們一生都在學這件事吧，成為一個平衡的人。」

坐在離開台南的火車上，想著她昨晚說的這席話。我知道到高雄以後，又是另一片風景。此刻我卻開始有點捨不得，希望這趟旅程不要那麼快結束。

生命並不溫柔，
也不會終其一生都荒蕪或華美。

14

2016.11.3
高雄

裝在瓶子裡的海

彷 彿 這 一 剎 那 ，
也 是 永 遠 。

「喏，這是給妳的禮物。」他丟了一串東西給我，是用一條淺紫色的鏈子串在一起，我有點看不懂，他看我一臉茫然接著說：「是防狼噴霧劑跟呼叫器。」

「蛤？」我皺著眉看他，他是這趟旅行裡遇到的第二個男生，這一晚我要住在他家裡。

「妳這樣一個女生到處去著陌生人家很危險欸，隨身帶著啊。但妳那個防狼噴霧劑不是拿來噴我的喔，我不是色狼喔，妳不要亂按。」我看著他一臉正經，大笑了出來。

他是這樣的一個人，當他問我怎麼看他的時候，我說：「單純，執著。」

確實如此，他今年二十六歲，接下家裡開了二十五年的壽司老店，這間店持續開著，也讓家裡持續負債。當兵退伍後，他決定回家接下這間店，跟父母親一起重新經營。一切的動念都很單純。起先我不知道，他跟我約在這裡的時候，我以為他是這裡的學徒，沒想到原來這是他一家人的經濟來源。

見面前，我從文字裡很明顯感覺到他的一股傻氣，見面後才知道那是執著。

拉開小小橘色的門，一走進店裡，他看起來本來要開口問我「請問內用還是外帶」，但又馬上換上「妳好眼熟」的眼光看著我，並迅速觀察到我有行李箱，然後輕輕地點了點頭，露出靦腆的笑容，「是妳」，他說。我也露出笑容。

「妳先坐那吧，那是妳的ＶＩＰ位置。」他指了指門口的角落的一個個人座位。這間店小小的，走道大概只能供一個人移動，有些小凌亂，但有著溫暖的色調。

「我的位置？」我笑了笑，轉過身看見那個位置的正前方，是我寫的字。我驚訝地看著他，原來他是那個我第一本書的新書座談會時，送出的五份限量小禮物的其中一位，「是你！」我說。不過座談會當天他並沒有到現場，我想當時的他就在遠遠的高雄的這間店裡忙進忙出吧。

「對啊，我以為妳知道欸。」他站在壽司台裡，繼續做著手邊的壽司。

「沒有啊，我沒有注意到這件事欸，也太巧了吧！」我把包包放下，一直盯著那個從台北寄到高雄的相框，裡面框著我的某一個狀態。

「我們超多客人坐在那裡都會一直看欸。」他笑著說，他說話很快，這一晚裡頭我有好幾次聽他說話因為聽不懂而愣住。

他做了很多的拿手料理招待我，我看著他忙進忙出，默默地觀察這間小店，和他做的料理。大約九點多，客人比較少了，他便在我前面坐下來，我們中間隔了兩張桌子和兩張椅子。我笑著說，幹嘛離我這麼遠？他說，我會有點害羞。我馬上大笑幾聲。其實我知道，他不想要把我晾在一旁，好像自己沒有好好地招待到我。可是這趟旅行本來就不是為了要給別人招待而出發，所以我倒覺得很自在。

要收店的時候，他讓我到二樓等他。餐飲業的小店，收店都要收很久。這樣的景況讓我頻繁地想起自己曾經交往過的一個男朋友，他的家庭生活模式也差不多是這樣，每天早上要起床備料、工作到很晚，收完店回到家就要兩三點了。這樣的生活日復一日，年復一年，好像沒有出口，卻也不知道需不需要出口。黏著的命運緊連著自己的名字，成為一個人一生最直接的樣子。

新的記憶會把那些情緒壓進心底，
有時候，就壓成了灰燼。

可是他們終究是不同的人。我在後來跟他道別後，寫給他的信裡有提及這樣的心情。

壽司店的二樓小小的，他說自己正在規劃二樓。裡頭只有一張桌子，一張椅子，跟一張摺疊床。

「看妳今天要睡這還是要睡我家。」他說。我睜大眼看著他：「這裡？」

「對啊，去我家的話妳會跟我在同一個房間裡喔，上下鋪，妳睡我妹的床，如果妳介意的話，就睡這沒關係。」

「我不介意啊。」我笑了笑，雖然我心裡真的是有點緊張，但他看起來不像壞人。雖然當時把這個訊息告訴一個朋友時，他說，通常女生被迷姦前都覺得自己遇到的不是壞人。可是，怎麼說，當下我想相信他，儘管確實存在著不可預期的危險性。

一進到他家，他有點不好意思地頻頻說著自己家裡很凌亂又很簡陋，如果真的不想住可以回去壽司店的二樓。我笑著說沒關係，然後在我打開行李時，他丟了一串禮物給我，防狼噴霧劑和緊急呼叫器，甚至坐下來教我要怎麼使用。

梳洗之後，我坐在他房間的瑜伽墊上，而他坐在房間門口的地上，仍然和我隔著很遠的距離。是尊重吧，我想。我們隔著遠遠的距離，說了很多話。大多時候都是我在說話，他只是聽。他說，他不太會說故事。但其實他的故事挺多的。

比如關於這間壽司店，是他的父母在二十五年前開的店，曾經因為交友不慎，被朋友欺騙而讓當時家裡的房子被法拍。他說，他們一家人感情很好，他有一個姊姊一個妹妹，一起走過了很多低潮，但他變得不容易有深交的朋友，因為深怕自己也會被朋友騙。大學時，他想創業，想起家裡的這間店，他想重新規劃並經營，可是這間店已經讓家裡負債上百萬，他花了一年的時間，做了很多工作，把高利貸還清。

「我去工地工作，搬很重的水泥什麼的。其實事情從零開始很簡單，從負的開始才是最難的，因為你所賺的錢、所做的事情，都要去填補一個補不完的黑洞，就好像從來不能開始，從來沒有開始過。」

他坐在門口，喝著瓶裝水，講起這些，好像那一年只是生命裡的其中一天那麼淡然。

我很沉默。後來我發現，我沒有辦法給這些我無法想像的人生故事太多回應，因為我太輕、太淺。我的生命從來沒有這麼用力地存在過。對，用力而炙熱，我是這麼跟朋友形容這兩天遇到的他和昨天的那位美女漢子。

然後，他也跟我說了他心底忘不掉的那個女孩。他們剛認識時，女孩準備要出國唸書了，而他準備要當兵。他們都以為這樣的彼此不會因此陷入感情，因為充滿太多不確定性，可是有些人，遇見了，相愛了，儘管距離煎熬，情感卻無法隱藏。他們沒有在一起很久，在他心裡卻很深刻。

「其實我們已經分手一年了，但我仍忘不掉她。也不知道為什麼，就好深刻好深刻。不過現在講起來，不會像之前那樣那麼激動了。當時我真的是整個陷進去，分手的時候每天行屍走肉，覺得自己可以把全世界都放棄也無所謂。」他笑了笑，我也輕輕莞爾。誰不是這樣從傷口的最深處遇見一個血淋淋的自己，再一路蹣跚地走到故事的後來。時間能把一件事情推遠，不是因為我們多用力地逃走，而是日子的堆疊，新的記憶會把那些情緒壓進心底，有時候，就壓成了灰燼。有時候則是壓成癒合不了的厚實傷口，仍是一開口，就會痛。我也不知道對他來說，現在是哪一種狀態，但他沒有特別說太多。我們道別後他說，他發現我沒特別問，自己也沒有特別想說了。但他原本以為，自己會想要把這件很深的事情好好地挖出來，好好地講一次。

我想到今天早上收到前幾天一個小房東的訊息，她也跟我說了一樣的話，她以為自己會跟我說很多自己最難面對的故事，可是後來，我們聊的都是日常。其實，憂傷都藏在日常裡吧，可是我們不因為自己無法面對或難以承受，就放棄快樂的可能。

比如，我在這一晚的小房東的 Instagram 上發現了一句讓我看了好久的話：「我跟妳說，妳適合更好的人，是真的。而我也在成為更好的人。」

也許收穫的人不是彼此，但這一趟遙遙路途，並不算浪費。

凌晨三、四點時，我們本來都要睡了。我躺在他妹妹的床上，他忽然播起音樂，是謝震廷的〈你的行李〉。我驚喜地從床上坐起來。我說我很喜歡這首歌耶，他說他知道啊，可是他更喜歡〈燈光〉。我都很喜歡。

「妳寫歌嗎？」他問我。

「隨便哼哼唱唱吧。」我說。

沒想到他順手拿起吉他：「妳唱幾句吧。」他說。然後我就唱起了曾經寫給那段遠距離戀愛的一小段旋律。我們大概就這樣唱了一個小時，他試了幾種不同的和弦。

這樣的時光很奇妙，我並不是一個特別會唱歌或是熱衷於唱歌的人，只是很偶爾地會自己隨便哼唱，那甚至稱不上一個習慣。可是那一刻，我覺得唱得很難聽也沒關係了。後來，我在自己的備忘錄裡寫下這段話。

「生命裡有一剎那的美好，是與陌生的你，在清晨唱一首舊舊的沒有人聽過的歌。彷彿要亮的天，也喜歡這樣的旋律，彷彿這一剎那，也是永遠。」

二〇一六年十一月三日，我來到高雄，第一次是以自己的目的地而來。走出火車站的時候我特別興奮，好像當時談著的遠距離戀愛，在這裡所有發生的一切，都在每一個腳步裡揮著手向自己道別。

後來他說，那一晚我無意間問了他：「你會覺得孤單嗎？」他才意識到自己從來沒有想過孤單是什麼。飽滿的家庭關係，雖然是窘迫的經濟狀況，但從這樣的故事裡走來的他，特別單純和執著。

像是裝在瓶子裡的海，海明明複雜、明明有那麼多深晦的元素，但當被裝在一個瓶子裡的時候，是那麼清澈簡單，卻又不如清水無知、無味。

跟他道別後，我傳了一個訊息給他。

「很謝謝這一晚你聽我亂七八糟說了很多，這一晚一直覺得很奇妙，來到高雄，第一站是你家。高雄是他的城市，而你和他在家時的生活方式是那麼的像，只是他逃得很遠，沒有待在家過像你一樣的生活。大概只有每個月一次回家和當兵的時候是這樣的吧。他也很有想法，想幫家裡的小鋪子弄成店面，想用另外一種方式給家裡更好的生活，也給自己更好的生活。所以也不能說他是逃，可能是個性吧，你們選擇了不同的方式去擁有不同的人生，遇見了不同的人，可是有著一樣的初心，這樣看著我其實是很激動的。

我覺得來自台北的我好小好小，慣性地誤會著自己的重量，我的爸媽在我很小的時候告訴我，他們把我送到台北，是因為台北的資源多、競爭力大、可能性高，可是在這趟旅行間，我卻逐漸覺得自己被這樣的想像緊緊束縛著，事實是每一種生活都存在著極高的可能性，也都存在與它平行的資源與競爭力。怎麼說，在你和昨天的那個女生身上我看見自己荒謬的驕傲，還有自己那些傻不隆咚的想像，就覺得好羞愧，也許我一直不敢承認生命裡的所有可能發生的苦難，所以也看不見生命裡各種可能存在的韌性。你和她就這樣花了兩個晚上用力地改變了我。我覺得自己所經歷的一切，都仍是極為幸運的悲傷。可能悲傷才是真正能篩出何謂幸福的網。

謝謝你和她讓我重新想了一次自己活到此刻的人生。我很不想因為看見你們對生命的韌性和努力，而讓我更珍惜自己擁有的幸運，我一直覺得，你們在醜陋人生裡的美好樣子，不是為了教會別人去看見自己擁有的有多少，而是讓我們去挖掘自己的韌性、我們應該要更認真和努力地活著，在成為自己想成為的人的同時，也成為社會裡一片好看的風景。

不知道為什麼寫著這些有點感傷，高雄好像不是我以前想像的樣子了。原來我也不是那時候的我了。希望你一切都好。也希望他一切都好。」

現在與過去交錯著，人海茫茫，時光漫漫，我們各有各的憧憬，各有各的掙扎，生活變成幾個透明的圓圈，在遇見時交疊，在道別時變成深邃的命運，淺淺地變成永遠的曾經。

好比那首歌，那一個清晨，那樣瘋狂而平靜的夜晚。

在遇見時交疊，在道別時變成深邃的命運，
淺淺地變成永遠的曾經。

15

2016.11.4
高雄

我們一起看雪吧

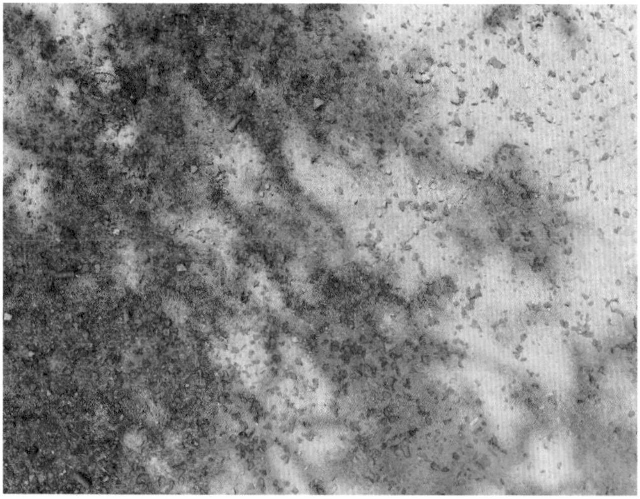

悲傷像血液，在身體裡流竄，
把自己狠狠燙傷的時候，
沒有人看得見。

她是西子灣大學的學生，從小沒有見過自己的親生父親，母親也幾乎從未提及。因為家裡的經濟狀況不穩定，她的生活費幾乎是申請獎學金而來，每一餐也都小心計算著。她有一雙明亮的眼睛，看得見角落。我知道她有祕密，但當她笑起來，也會知道，若她不說，日子繼續，她仍能活得晴朗。

那天跟她道別以後，我很浮躁，所以寫起她，變得像在寫信給自己：

我一直在想要怎麼將這一天寫下來，結果我發現自己很難下筆。所以想先跟妳說聲對不起。可能是我前兩天聽的故事仍然震撼著我，讓這一晚妳的故事，我有一點難消化。

其實我一開始看到妳的時候，覺得妳的防衛心挺重的。也不知道怎麼說，就是一個直覺，一直到我們坐在駁二的小椅子上，妳掉下眼淚，我才確定，妳真的是個防衛心很重的女孩。妳在保護的，是自己的無能為力。

其實當妳說：「我看到妳的一些文字裡有提到妳的爸爸媽媽不在一起了，所以我在想，妳是不是……會比較能理解一些我的感受。」我就在猜想妳的故事，不是來自父母的問題，而是來自心底解不開的傷口。因為我彷彿看見很久以前的自己。

我一直覺得，妳在很深的傷口裡，出不來。可能是因為妳的細膩吧，我總覺得，敏感而細膩的人，會在自己身上鑿出很多的洞，讓那些傷害灌進我們的時候更理所當然，讓我們千瘡百孔得更無法解釋。

比如當妳說，從小妳住在外公外婆家，以為舅舅阿姨都是妳的家人，可是當他們在自己的孩子面前數落妳是沒有爸爸的小孩時，妳忽然覺得妳所認為的家人，在他們心裡，妳並不等同是他們的家人。又比如妳無法向媽媽說這些話，因為妳不想讓她心疼，妳悶在心裡，就連爸爸媽媽為什麼要離婚，妳都不敢問。妳背著的傷痕，其實很有大一部分，是問不到答案的困惑。

我一直在想，我該怎麼安慰這樣的妳，然後我發現自己似乎沒有辦法安慰妳。也許以前我可以，可是現在的我，必須老實說，旅程讓我的心很滿，安慰的話變得很遠，這好像是一個不太好的副作用。可是看到妳掉下眼淚的時候，我的心靜下來了。

現在的我坐在某一間小店裡，想起在妳的宿舍裡，妳把想問我的話寫在紙上，從來沒有一個小房東這麼做，我看到的時候覺得妳特別可愛。

不知道為什麼，看著妳，我想起了部分的自己，卻又不如以往那麼完全。

家庭裡是包含著傷害的，我想這件事情，很難去承認和面對。我覺得我們都好像小小的船，在很小的時候出港，不斷地在尋找岸，無論多少風雨，夜晚或平靜的清晨，都無法讓自己感到真正的放心，因為始終沒有我們的岸。如果家對妳而言是這樣的存在，那應該就和我一樣吧。

妳說覺得自己沒有家的時候，我其實很想抱抱妳。在那麼多時候，我也覺得自己是個被台北丟掉的小孩，我不知道為什麼自己會在那裡，不知道我該不該離開。我猜每個傷痕累累的人身上，應該都有著別人的答案，會不會這就是我們相遇的原因呢？

敏感而細膩的人，
會在自己身上鑿出很多的洞。

怎麼說，我覺得我似乎還是很難寫下太多那一天的感受，坐在這個角落裡，我頻頻地分心。

我想著我來到西子灣，來到那個我曾經很幸福的海邊，用另外一種身分，遇見另外一個妳。我想到妳總是笑笑地看著我，好像知道我喜歡什麼，好像總能猜到我對什麼有興趣。妳太細膩，我好像看到另一個自己，那讓我有些難以適應。

可是還是要謝謝妳，還有妳的好朋友，我們坐在宿舍裡，拿著馬克杯喝紅酒，什麼都聊的一個晚上。可能是這樣的晚上，讓我舒服地放鬆了一會兒，所以隔天一看見大大的藍天，我就忍不住跳著走路。

世界上的所有悲傷裡都有幸福，所有的幸福裡都有悲傷。而幸福是雪，看見的人會一起覺得美麗浪漫，但悲傷像血液，在身體裡流竄，把自己狠狠燙傷的時候，沒有人看得見。

這是我看著妳時，想到的句子，謝謝妳給我的這一晚，淺淺的，可是有很多東西在咕嚕咕嚕地冒著泡泡，等它們冷卻，我想我會再為這一晚提筆。

二〇一六年十一月四日，我第一次在這趟旅程裡真的有喘不過氣的感覺。可所有美好的陽光我都仍貪心地想完整地收進口袋，一如她和她的好朋友，那麼簡單的笑容，那麼信任內心一點也不平靜的我。

每個傷痕累累的人身上，
都有著別人的答案。

16

2016.11.5
高雄

畫眉

如 果 你 有 機 會 遇 見 一 個 人 的 靈 魂 ，
就 不 要 用 外 表 對 待 他 。

起初我並沒有特別覺得她對自己沒有自信。

一出高雄凹子底捷運站的時候，她輕輕地跑向我。哇，她好可愛，這是我對她的第一印象，像一隻畫眉鳥。小時候書上說，畫眉鳥是春天的鳥，她大概就是給我那種感覺，個子小小的，笑起來眼睛會像彎彎的弦月。

她的母親準備了豐富的晚餐，晚餐後，她帶我到公園散步。

我喜歡散步。自己一個人走，或是旁邊有個人，無論是誰，邊走邊說話，走走停停。把自己置身於生活之外，能好好傾聽一個人說的話，並感受自己正活在世界裡。

然後，我才逐漸感覺到她對自己的沒有自信。在寫這篇紀錄時，我其實很煎熬，我不想要因為自己太赤裸的書寫傷害到她。

老實說，見到她時，會看見她臉上小小紅點的痘斑，但那不是我第一眼看見的東西，我第一眼看見的是她的眼睛，因為她笑起來的樣子實在讓我印象深刻。可是我不能否認，我仍注意到她欠佳的皮膚。每一次，看見與自己不同狀況的身體和皮膚的人，我都會想起很小很小的時候，母親跟我說過的話。

那是在一班火車上，也忘了我們要去哪裡，跟我們一起上車的人群中，似乎有一個是身體有缺陷的。我一直盯著他，因為我覺得很可怕。母親發現了，她牽起我的手，我感覺到後抬頭看她。那時候我小學一、二年級吧，身子小小的，母親低下頭看著我說：

「這些跟我們不一樣的人，其實都很難過，可是他們很勇敢，仍然在這麼多人的地方走路，所以我們不要一直這樣看他，我們要讓他們敢繼續在人群裡走路。」

這段話我記憶得很深，儘管我想自己當時應該也聽不太懂，但我就是記起來了，它變成一句叮嚀，當我只要看見這樣的人，或是要與他們交談，我都會告訴自己，第一眼，一定要看著對方的眼睛。因為從眼睛看進去，才會看見他是一個怎麼樣的人。人們說的，可以從一個人的眼睛裡可以見看靈魂，我是相信的。再後來，這變成一種習慣，無論我遇到的人是什麼樣子，與自己一樣或不一樣，見面的第一眼，我一定都是看著對方的眼睛。

我沒有特別問，她起先似乎也沒有特別說這件事。但自卑和自信，是會從我們所有的言語與行為裡露出馬腳的，又或是說，面對他人時，若我們的差異是較為鮮明而外顯的，我們會先向他人進行自我解釋，比如其實我也不是一開始就長這樣、其實我也知道自己跟別人不一樣，這麼一說完後，好像那樣的不一樣在自己身上才真正被適當地安置。

我挺心疼這樣的她，好比我會跟別人說，我變胖是因為賀爾蒙失調，在這句話裡，有一半是事實，但另一半，是自卑。我是到了很後來才知道。

她說她的男朋友在跟她告白時，她很猶豫：「因為……就是，妳知道……我的臉……」她的話還沒說完，漂亮的眼睛就有了不自信的閃爍：「所以我就問他，你能等我變漂亮嗎？因為我還在治療中。」

天哪！我在心裡驚呼。她真的這樣問他嗎？我聽過任何一種等待，但沒有聽過等待漂亮。

「我想要等我變漂亮了，跟他在一起，不會讓他沒有面子。」

「可是我相信他喜歡的是妳，不是妳給他的面子。」我說。雖然同樣身為女生的我，其實很能理解那樣的感受。我們知道「他喜歡的是我而不是我給他的面子」這些美好的事實，但我們仍會想，如果能更好一些，如果能讓你帶出去有面子，我會很高興，甚至，覺得很幸福。這不是一種覺得誰是誰的附屬品的思維，沒有那麼絕對，只是一種小小的想像，可能，這樣的想像來自無數媒體與各式郎才女貌的讚美，在無數瑣碎的我們與自己獨處時間裡飛竄在腦海。

在這樣的念頭裡，自己其實聽不進太多充滿力量的安慰，也不想要費心思地解構和解析。這是很小的願望，卻在心底埋得很深，像是永遠到不了的一種境地，卻讓自己始終抱持著盼望去自卑和想像。甚至和自卑和解。

「我聽過最傷人的話，是那時候我在當學校一個活動的接待，有一個人就走到我面前說：『怎麼讓妳這種人當接待，妳臉長這個樣子，是要死掉了嗎？』我當下不知道怎麼辦，回家後一直哭。我覺得，很多人說外表不重要都是騙人的，還是有很多人用外表在打量著別人。」我看著她，胸口悶悶的。不知道有多少人喊著「外表不重要」的人，是想透過這句話去突顯自己看不見的美麗心地，卻越發地把自己非常注重外表的醜陋全數攤開。

我不是一個覺得外表不重要的人，因為我也在意別人的外表。我指的不全然是美醜，而是是否乾淨整齊，比如我會注意一個人的手指、指甲，我會注意一個人的鞋子，我會注意他身上是否有異味，有時候再偷偷觀察一下他的衣服和配色，可是這些，都不足以讓我去斷定一個人是良善或邪惡。在我心裡，外在跟內在，一樣重要，甚至有時候，內在需要比外在花更多心思去經營。

這是人的現實面，不能假裝看不見，那就用自己的方式去理解，然後用這樣的理解，善待自己，而不是用別人的方式去想像自己，然後傷害自己。

世界上有多少傷人的偏見，說的人都無需負責，聽的人卻一生都在為此掙扎和受傷。

隔天一早，她切了一顆蘋果和一顆奇異果，並蒸了一顆蛋給我。我問她早上都吃這些嗎？她點點頭，因為身體不好，要養皮膚，飲食要特別注意。就連她的作息都非常規律，十一點上床睡覺，七點起床。這樣自律的一個女生，怎麼能不美麗。她說，我們吃完早餐可以去喝咖啡，星期天早上適合這樣慢慢的步調。我看著她，覺得心口暖烘烘的。我點了她最喜歡的口味的拿鐵，坐在她面前，忍不住把她的樣子拍起來，然後傳給她。

「謝謝妳，我從來沒有想過自己可以這麼美。」她看著我，很驚喜，好像不相信照片裡的人是自己。

「我隨便拍的啦，因為妳真的很美，隨便拍都美。」我對她露出笑容，但其實心底很難過。美麗一直存在這個女生身上，她自己卻不曾看見，又或是，看見了幾次，卻又頻頻被關進心裡的不知道哪一個房間，以為那不是屬於自己的東西。

「張西，妳看見的是不是都是別人的靈魂啊？」忽然，她抬起頭問我。我愣住了。

「我不知道欸。」我笑了出來，如果這是一種稱讚，那我倒是有點害羞了。然後我拿出筆記本，在筆記本上寫下一句話。

「如果你有機會遇見一個人的靈魂，就請不要用外表對待他。」這句話當作送妳的禮物好嗎？我問她。她點點頭，露出很漂亮的笑容。我很喜歡，她說，謝謝妳。

坐在火車站的大廳，等著下一個小房東來接我時，我想過很多記錄這個故事的方法。她很平凡，卻平凡地在我的意料之外。我的父母親給了我一張還算討喜的臉，教育我成為一個善良的人，我知道自己仍不全然善良，也仍有比自己美麗的人們，我知道所有的比較都沒有結果，最好的、最美的永遠是找不到終點的追尋。可是這麼一個我，在第一次她開口讓我發現她小小卻深深的自卑時，什麼話也說不出來。當下我很羞愧，那些不要管別人怎麼想的這種話，我一點也不想說。我忽然覺得有時候忍不住喊出「不要管別人怎麼想」，其實是自己驕傲地無視他人的存在，或是自卑地覺得自己不需要存在。

寫這些好赤裸，也很零散，好像始終找不到一個最好的姿態去把自己的這些混亂和掙扎寫下來，好像我也仍在害怕，是不是一不小心說錯了什麼，我就成了傷害別人的人。

當然，那個晚上，我們不只聊了這個。

所有的比較都沒有結果，

最好的、最美的永遠是找不到終點的追尋。

後來我把這個話題很快地跳過了，我們聊起她和男友的遠距離戀愛，也聊起她的其他生活。她很單純，第一次談戀愛，正在學著把自己分享給另外一個人，也一邊重新掌握自己的生活節奏。我在和她對話的某一個時刻裡，覺得自己原來已經很像一個大人了。我好想跟她說，此刻所有的美好，也許都會在未來破滅，可是所有的傷害在生命裡，帶著毀滅，卻也都帶著力量，只是我們要往哪個地方前進，天空或谷底，如果能夠選擇，一定要敢飛。可是我說不出口。

我想到小時候第一次談戀愛，老師與父母說的那些話，他們總說這個人不會是陪你走到最後的人，說這個人對你未來的人生沒有幫助，說現在的戀愛談談就好，不用太認真。他們當時就是用這樣的心情看我的吧。可是當我走到這樣的心情時，我卻不想這樣對她說。因為我知道無論哪一個人會陪著自己走到最後，任何一個願意把彼此牽緊的人，我都想認真去愛，對人生的幫助與否，不是從別人的眼光裡衡量。我相信所有的相愛都有意義。

我們走在小小的橋上。她說，這裡的景色很好。我說，好適合跟自己喜歡的人散步。然後我們一起笑了。

「我突然好想他。」她淡淡地說。我跟在她左側。曾經我也像她一樣在一段遠距離的感情裡煎熬和敏感地接收所有的幸福，深怕哪一點被自己漏掉了，這樣就不夠溫熱一個人入睡的夜晚。尤其是冬天。

二〇一六年十一月五日，這趟旅程剛剛好地過了一半，沒想到一直覺得時間過得很慢的，忽然卻覺得時間快了起來。這一次來到高雄，我發現自己沒有去想太多以前所認識的、所走過的高雄。我發現自己的生命已經被更新了好幾次，直到離開的時候，我心裡想起的臉孔，都仍是這個可愛的女生。

「我覺得遇見一個人的靈魂，是認識一個人最美的方式。」她在我們離開咖啡廳時這麼告訴我。我只是點點頭。

生命的間隙裡有無數的小小的美好，他們也許不能加深我們存在的重量，但會讓所有的相遇和發生，都添上一層淡淡的香氣，比如像是畫眉的她，飛過我生命裡的某一天，而那一天，就是春天。

17

2016.11.6

屏東 · 恆春

折返

就算跌跌撞撞，也要坦然一笑：
你看，這些疤，挺美的。

旅程到現在，竟然有點忘了自己當初是怎麼決定出發的。忘了每天在網路上分享照片和生活是對誰的交代。忽然間，很多平常會做的事，做了好幾個月甚至幾年的事，都不是那麼必要了。也不知道為什麼有這樣的心情。

這天是旅程後半的開始，台灣的最南邊，恆春。

當時把報名表單的地址們釘在地圖上時，發現恆春只有一個人，我就馬上把她納入留宿名單。

她三十三歲，與前男友在一起五年，同居四年。來到恆春是因為失戀，想逃得遠遠的，於是辭了職，選擇了台灣的最南邊打工換宿，打工換宿的時間結束後，索性住了下來。這樣一住，也近半年了。

我看到她第一眼的時候，其實就挺喜歡她。我喜歡她的眼睛，因為有著很漂亮的睫毛。她不像是我的生活圈裡會遇到的人，小麥色的皮膚，偏向民俗風的穿著，她的家裡也是，有著捕夢網，和一些風格獨特的綢布。她喜歡衝浪，背起一個後背包，活脫脫就像一個熱愛旅遊的背包客。大概就是這麼鮮明而直接的個性吧，讓我跟她說起話來，特別沒有負擔，尤其我們的笑點幾乎一模一樣。

我不認識在台北的她，在都市、職場、創業甚至是失戀的她，但我在這裡認識的她，很開朗很簡單。

我們聊最多的，大概就是她與她的前男友了，這畢竟是她到這裡的原因。同居這件事對我而言是很陌生的，我並未有與自己交往過的伴侶同居的經驗。其實一開始聽她說話時，我很擔心自己會太像小女生，後來想想，對她而言我確實也只是個小女生。好像總怕自己太幼稚，又怕成熟需要拿單純去換。怕沒有幼稚的時候也沒有了單純。

他們漸行漸遠的開始，是男友的母親因為生病而和他們同住在一個屋簷下。小時候會相信一種說法，沒有一個母親不愛自己的孩子，可是越趨長大之後，變數仍然會發生在無法改變的定數裡，比如母女、父女、兄弟和姊妹之間的關係。也許也不是真的不愛，但有一些愛的形式，是我們從未見過的。

一起生活，這件事想起來挺浪漫的。尤其熱戀的時候，一起從被窩裡爬起來，一起賴床，一起擠進小小的浴室刷牙，一起吃早餐，一起出門，回到家後，看到有個人在等你，或是知道有一個人會回來。想起來都很是美好。隨著自己年齡的增長，以前聽到同居兩個字還會先瞪大眼睛的，現在卻只是淡淡地明白，那也是一種戀愛的方式。

男友的母親在要搬進來時，男友曾跟她說過，他並不特別喜歡母親，因為母親只有需要錢的時候才會想到他。她一開始並沒有多想，住在同一個屋簷下後，難受的事情才逐一浮上檯面。比如男友的媽媽會在只有她在的時候兇她，然後跟她說著男友諸多的不是。

「甚至有一陣子我跟男友很常吵架，她媽媽會跟我說，男人一定都有小三，叫我要忍一忍不要對他亂發脾氣。我們吵的根本不是小三的問題，可是我只能忍著，那時候，只要我在房間裡，聽到他媽媽開房門或回來的聲音，我都會無限焦慮，因為每一天每一天，我都在那樣的言語壓力下，不是對我歇斯底里，就是數落我或男友。」

原來有一種感情是，兩個人都仍深愛對方，
卻已經無法相處。

「可是，同居要分手是很難的。」她繼續說：「我們的生活已經重疊在一起了。我是那時候才知道，原來有一種感情是，兩個人都仍深愛對方，卻已經無法相處。」

他們從分房睡，到她搬去朋友的家，到一瞬間的決定，她就來到恆春。

「我們明確的分手是我說的，在不知道是不是分手的分房睡的那陣子，我其實才看清一件事，原來他是那麼懦弱的一個人，他不能和我一起面對我們感情的變卦，原來面對離開這件事，他一點也不勇敢。」雖然其實，我知道她也知道，我們也不是那種能在離開裡特別勇敢的人。可是，也許我們很像吧。我也明白，她無法讓自己在某一個悲傷的狀態太久。我們都不喜歡滯留在一個不會好起來的地方，儘管在那之前我們沒有找到好起來的方法。

在這裡待了幾個月，她說，這裡的房子舊舊的時間也是，但卻是另外一種時間。跟台北的不一樣。她是個很喜歡老房子的人，也喜歡書寫，喜歡文學。所以當我看著坐在沙發上說著話的她，談到那些不屬於愛情的那些，仍能看見她閃閃發亮的姿態。我們沒有說很多自己的夢想，不知道是情感的傷口仍和她靠得太近，還是我自己刻板印象的誤會，夢想對於一個三十三歲的女生而言，有點遙遠。

跟她道別的路上，我一直在想，自己的三十三歲會是什麼樣子。我其實想起了一個人，是旅途開始前幾天，遇見的三十五歲的母親。

她們差了兩歲，三十三歲的她看起來仍像個二十七八歲的女生，好像人生還有很多可能，路還很長。但其實這種念頭，應該存在每一個歲數裡，對嗎？我一直在想，人生有千百種樣子，而愛情大致上就是那幾種了，我們會被年歲綑綁，卻仍能侃侃而談相似的戀愛經驗。這件事很奇妙。

不過，我好像卡住了。這兩天似乎遇到了旅途中的第二次失衡，有著自己無法掌握的狀態。這趟旅程，寫著別人也書寫自己的同時，好像掉進一個透明的網，總是看得見盡頭，卻好像走不到那裡，或是，覺得那裡的自己不會一如想像中擁有多豐厚的記憶，仍然平凡，但卻是不一樣的平凡了。

這會不會也是她現在在恆春的心情呢？

我們道別時，她說，她覺得自己應該要回台北了，她似乎躲太久了。我坐在她的機車後座，輕輕地笑了。我想起我的五阿姨，她也因為失戀而逃到美國，然後人生大大地轉了一個彎，領了綠卡，變成一個一兩年我才會見到的一個遠親。

每一種人生，都有逃跑的需要，也有逃跑的可能。我想起前幾天我寫給西子灣大學的女生的那句話：「願妳所有的追尋，都能帶妳找到平靜。」

也許，這就是我們每一天每一天，努力的目的吧。

二〇一六年十一月六日，旅程過了一半，我要從東部繞回去了。這是一趟遠遠的，回家的路，到家以前，我還要再看一點海，再遇見一些人。

每一種人生，

都有逃跑的需要，也有逃跑的可能。

18

2016.11.7
台東・都蘭

在出口生活的人

不斷地在人群裡，
尋找跟自己來自同一個星星的人，
好像他身上，有我們能回去的出口。

「我覺得你們好像是活在出口的人，就是，很多人生活的出口，大概就是這種樣子。」我看著他，他有一種謝震廷的調性，但更隨興一點，自然捲的微長髮，戴著黑色粗框眼鏡。

「可是在這樣的生活裡……我們要找另外一個出口。」他說，像是反射性地回答，沒有經過太多的遲疑。我愣住了。後來，我一直在想這一句話。

他在見面前讓我特別有印象，他說，如果不介意，我們可以從台東火車站搭便車去都蘭。我馬上答應了，因為我沒有搭過便車，只知道這是一種旅行的方式，但自己從來沒有執行過。那時候我還不知道，原來自己並不像一個多數人們能想像到的典型的旅人，做起某些旅行中的人們常會做的事情時，會特別彆扭。

到火車站時，第一個上前跟我打招呼的人並不是他，是他的好朋友。他說，請問妳是……的時候，我就點了點頭說，是的我是。到現在我都在想，如果認錯人，這旅程會有多荒謬，然後忍不住笑出來。也許有時候錯的路也是可愛的路。

他的朋友說，他等等就要來了。說完沒有多久，他就從對街走上前，個子高高的，小麥色的皮膚，總是笑笑的一張臉。我看見他時，忍不住想，他怎麼會是我的讀者呢，我們如此的不同，穿著、習慣，所有可見與不可見的似乎都找不到交集。而這樣的問題，在後來慢慢地被解答。

我們挺幸運的，很快就搭上了便車，第一台把我們從台東火車站載到台東的市區，第二台是從市區載到都蘭。都蘭，一個我只對「都蘭國小」四個字有印象的地方。第二台載我們的，是一台很常見的那種藍色小貨車。我覺得很新奇，上一次搭這樣的車，是在台北搬家的時候，車子在台北街頭亂竄，我覺得我「站在後面」很突兀。可是這次，我和他還有他的好朋友，背對著司機，面對著車後的路，我卻是覺得「我」坐在後面很突兀。

那是很奇妙的感覺，風大大地把我及肩的長髮吹得亂七八糟，我在想他朋友看著我的時候會不會覺得其實我的樣子挺恐怖的。我趕緊把頭髮綁起來。他們其實挺專心地看著車後的風景。車子經過了大大小小的路，後來甚至有一段路程幾乎沒有路燈。他們說，那就快要到都蘭了。他的朋友難掩興奮地小小歡呼了一聲，好像要回家了那樣。我看著跟在我們車後的車子，車燈亮亮的，我沒有說出口，我覺得我們好像是被星星追逐的人，無所謂比賽，我們好像也是另外的一顆星星。

他在報名這個活動的時候，有寫著我們要住的地方是背包客棧，卡車停下來的地方，看起來不太像我所住過的背包客棧（但其實我也才住過兩個），有著霓虹的燈飾，是酒吧。

「我們今天要住這裡嗎？」我問。

「對呀，樓上是背包客棧，一樓是酒吧，這裡的老闆是我們的好朋友。」他邊說，邊替我拎起行李穿過酒吧的桌子和零星的人群，走上二樓。好多外國人，這是我的第一印象。從外面的木椅上到裡頭的吧檯前，幾乎都是外國人，我甚至也用了自己不是太流利的英文跟他們打了招呼。在那裡頭，好像走進去了，隨意地搭話從不會尷尬。

燈光很昏暗，吃過晚餐後我們在一樓找了一張桌子坐下，其實也沒有特別聊什麼。他們在等我的時候，時不時我會看見他和他的好朋友在外面抽菸，或是隨性地跟外國人搭話。他說，這裡有很多的外國人，很多外國人來到台灣都會特別來

那種擁有自己世界的人，
我總覺得特別迷人。

都蘭看一看，可是一般人，尤其像我這樣極為普通的城市女子，對都蘭的印象可能就只有那個「都蘭國小」的小書包。

「這裡住著兩種人，一種是都蘭人，一種是來到都蘭的人。」他的朋友說：「都蘭人在自己的村子裡，過著跟來到都蘭的人完全不同的生活。來到都蘭的人因為喜歡這邊的生活模式就留下來，然後衍伸出另一種生活方式。」那樣的方式，就像出口。出口，是當時我心裡跳出來的兩個字。

我們沒有聊很多彼此，反而是聊很多的這裡、這裡的人。比如我注意到酒吧裡有個女生，瘦瘦的，短頭髮，長得很漂亮，精緻的五官，她聽見音樂就會搖擺身體，有著好看的姿態，甚至會拿起像是練習火舞的雜耍工具，跳一些我沒有看過的舞。他們說，她是南非人，當時跟著一個航海雜技團，從紐西蘭一路往北開，一群人有將近二十人，來到都蘭後，她因為喜歡這裡，就沒有再跟團員繼續往下一站前進，反而成為這間酒吧的工讀生，住了下來，這一住，也兩個多月了。

這像小時候看的童話書上的故事，我以為現實生活裡不會有這樣的人，每個人都應該要追求一種工作、一個頭銜、一個社會位置，每個人都要擔心溫飽、擔心家庭，我以為每個人的這一生都會想要盡可能納進那些我們所想像、我們所見到的那些令人欣羨的生活，我以為這才是所謂現實生活。可是什麼是現實，什麼又是生活呢？

我們坐在長桌邊，他彈著吉他，唱著好幾首都是我好喜歡的歌，尤其是宋冬野的〈斑馬，斑馬〉和〈莉莉安〉，甚至還有一首是他自己做的歌。他唱歌的時候會閉著眼睛，特別享受，他的聲音會隨著自己而轉換，好像拿著吉他的他在另外一個世界裡。那種擁有自己的世界的人，我總覺得特別迷人，他唱起歌大概就是那個樣子。

後來，我也分享了這趟旅程遇見的很多好玩的事，其實很有趣，起先遇見這些小房東，我都會聊起自己，而現在，我在聊起自己的同時，聊起了別人，這些新注入生命裡的人們，他們也變成了我的一部分。

我一直覺得在都蘭的一切很新鮮，好像更接近人們口中的「旅行」，如果「旅行」

在大多數人口中是一種生活的出口的話。

大約十二點多的時候，一群人面色凝重地走進我們所在的酒吧，幾乎是像要把這間店翻過來似地打量著酒吧裡的每一個人。我們不需要被告知都感覺得到似乎要出事了，老闆匆匆忙忙地跑到我們這一桌，跟一個客棧的小幫手借了手機說要打電話，然後又匆匆拿著手機跑出去。這些時候裡，那群人，大約五六個，很隨意地找了幾張椅子坐下，就像電影裡演的那樣，黑道進到酒吧要準備大幹一場，那種壓迫感很強烈，我一直都不知道我不全然的緊張是因為我以為電影裡的情節不可能發生，還是我真的不害怕。

一會兒，他們又緩緩地走出酒吧，可是仍然面色兇煞。直到睡前，我們待在二樓的小客廳時，才聽說是附近的酒吧看這間酒吧不順眼很久了，決定要來鬧事。剛來的這群人其實背後都拿著槍，隨時一伸手，扳機一扣，我們就要死在這裡了。老闆剛剛是緊急去聯繫他們的大哥，大哥來了，事情才緩解了。我坐在二樓的小沙發上，瞪大眼睛看著他們。天哪，槍。我想起我旅行前看的那些美國影集，原來百百種的生活裡，一切都有發生的可能。

後來，我遇見張凱時，跟她說起這個故事，彷彿我只是做了一場夢，真實又虛幻。

我想起我問小房東的，你怎麼會看我的文章呢？他微微皺起眉：「我就看到了，然後就這樣一直看了。」好像這一切很理所當然。我沒有繼續追問，我想起他無意間表現出的那些，比如他跟村裡的師父學的水電，比如他抽著菸，比如他在附近我們吃晚餐的店家裡幫忙老闆收拾著別桌的碗筷。他像晃蕩的人，如果生活是一種裝飾，如果我所以為的那些我可能有些害怕的態度（比如那些黑道進酒吧時他的不慌不忙），都是他的飾品，那麼其實這些都掩蓋不來他細細密密的迷惘和善良。

善良這樣的詞，在我的這趟旅程裡，出現在我想起很多人的時候，我覺得他們在這個世界上都小小的卻發著光，我用一種意外的方式來到他們的生活裡，看見不同樣子的人生，不同樣子的徬徨，在人性裡，卻仍可以保有一絲乾淨的思想，在我們相遇的時候，變成花火，雖然短暫，卻燦爛。

大概是這樣吧，關於我所看見的台東的都蘭。

真正的修行不是去幾場旅行或看幾場日出，
而是熬過平凡生活裡的苦難。

二〇一六年十一月七日，我遇見了一個大男孩，他有點瀟灑，有點靦腆。他在我離開的時候給了我一封信，裡面有一段在寫小當家的故事，我拿著牛皮紙顏色的信紙笑了出來，《中華一番》，也是我小時候喜歡看的卡通啊，他說的那一集我也記得，小時候有一段時間小當家甚至是我的偶像呢。

二十歲的他，已經來到很多人（或許不是真正的很多人，而是我以為的很多人）想像的出口，並在這裡生活。不知道他的未來會如何，可是，總會有他給自己的去處吧。細膩如他，儘管他小小的世界只有淺淺的幾扇窗，但我相信仍會透著陽光，仍會有他自己的單純信念在裡面恆常地存在著。

「真正的修行不是去幾場旅行或看幾場日出，而是熬過平凡生活裡的苦難。」這是他在信裡寫的讓我印象最深刻的一句話。我想到自己這次旅行的原因，好像忽然得到了解答，我要過的人生，我要過的生活，也許在我這裡，旅行原來不是出口，而是一扇窗，打開後的萬千風景，能被收進口袋，變成一種熬過平凡生活的力量。我不確定是不是這樣，但這封信我看了兩次，然後，覺得自己終於平靜了下來。

微仰頭，眼淚流了下來。她發現我在看她，輕輕地說：「我跟妳一樣，是第一次聽到這些話，我不知道原來當時他是這樣的心情。」

他摸了摸她的頭，他們兩個互看了一眼，然後繼續說故事。彷彿那樣的眼神，是長過一世紀的擁抱。

遠距離戀愛大約兩三個月後，他們一起去了香港，那趟旅行很短，卻讓他們都轉了一個彎。旅程中她總是很疲憊，甚至會沒來由地頭痛，回台灣後，他希望她去做檢查。

「我去拿完檢查報告後，就沒有再出醫院了。」她說。

某天打工結束，她接到醫院的電話，檢查報告出來了，護士的聲音聽起來很緊張，要求她馬上到醫院去，並且要帶著父親或母親。

「是急性腎衰竭。」她說：「那時候我很慌張，我才二十歲，沒有任何不良嗜好。我的媽媽一直哭。醫生說，一般人指數六就要洗腎了，我的指數是八，後來甚至到了十二。沒有人知道為什麼，我只知道自己的身體裡都是毒。」

那時候接近年底，剛好他的大學同學們要來他們家的民宿跨年，他強裝成沒事的樣子，仍被認了出來。

「因為她傳訊息來跟我說，發病危通知了，可能隨時會走。當時我什麼都沒有辦法多想，朋友也很體諒，於是大家就這樣回家了。我很快地收了十幾天的行李，跟我媽說了她的狀況，我想去陪她，就算真的要走了，我也想在她身邊。」他看著我，每一個字都像用生命說出來的那樣：「當下我根本沒有去想，我跟這個人才交往多久，怎麼可以為她這麼拚命，我當下想到的只有，我不想失去她。」

於是他背起行李，來到台北的醫院。

「我想像中病危的人的樣子，大概是昏迷了，還有全身會被插滿管子，路途中她媽媽也好幾次傳訊息跟我說她昏迷了，總之應該是臉色蒼白地躺在那裡，但我一進門的時候，我看到她坐在病床上，穿著一個粉紅色毛絨絨的熊外套，咧著嘴對我笑，我眼淚直接就掉下來。」

她說，因為當時看到他，忍不住的好心情，就是想笑。後來，他們一起窩在急診室的重症區好幾天，他們一起相信，只要保持好心情，只要想著她一定會好，就一定會好起來，他每天都在逗她笑，每天都在想，也許明天就能出院了。我問他們，怎麼不去洗腎呢？他說，當時他們覺得洗腎是一件很可怕的事情，好像去了，就會死掉，所以只想待在急診室裡等，而當時剛好醫生們幾乎都放假，沒有重症的醫生，所以他們就想說，也許幾天後，就能出院了。

但是幾天後，醫生來了，卻告訴他們，她要馬上洗腎，不然一兩天就會走了。

「原來生病了就是生病了，妳多相信自己沒事，就多像是傻傻地在騙自己。」她說。當時他們想到曾經約定過，要一起出國去哪裡，還要去看幾場流星雨，好像都是不重要的事了。

「所有的承諾在生命面前，都好微不足道。」她泛紅著眼眶才把這句話說完。我看著他們，雖然他總是痞痞的，說一些玩笑話，但他一直牽著她的手。

後來，她活下來了。現在她每週都要洗三次腎。他說，他們不能出國，因為只要一次沒有洗，可能就會有生命危險，他們的人生像被釘在某一個地方，不能走得太遠，只能在那個地方緩緩地結束。她說，後來她因為無法出院而休了學，看著同學們紛紛要開始準備實習和拍畢業照，每每都很難過。我看著她，我並沒有生過這樣的大病，疾病會帶走一個人的生活，原來是真的。

開始洗腎後，她身上有很多的傷口，她不喜歡穿短袖，因為手臂上的針孔讓她覺得自己變醜了。

「哪會醜啊，張西，我來跟妳介紹，這是北斗七星。妳看，我們每天都可以看星星欸。」他牽著她的手笑著說，說完這句話後，她咧嘴笑了出來。我反而聽著一直忍不住鼻酸。慶幸的是，今年十二月，她的母親要把一顆腎移植給她，她很期待那個新的自己。

「其實我們現在看很淡了，這會好，這會好的。」他說。

「那種好不是在說身體上的，而是心理的。」她看著他，笑得輕輕的。我忽然覺得他們是那種把悲傷放在自己之外，然後把幸福擁入懷中的人。

「我一直覺得，老天爺是很有智慧地在分配每個人一生中會經歷的快樂和痛苦，祂給我們某一道關卡，是因為知道我們過得去，才會分配給我們。」我說完後，他看向她，他們一起點點頭，然後笑了。我也笑了。當時我還不知道，世界上有很多的磨難是人的小小心臟無法承受的。

這是一個小小的愛情故事，我在聽這個故事時，寫下的第一個句子是這樣的：「所有扎實的幸福感，都是來自自己由衷地感謝所有的壞運氣。」這是我在他們身上看見的事。

「我也曾以為我很年輕，我以為健康可以是生命裡很後面的排序，但現在它在我的第一順位。一個人如果沒有健康，就等於什麼都沒有。」看著二十二歲的她，我是滿地的羞愧。

「你們的故事，一定可以給很多人力量。」我用雙手摀著自己的嘴巴，深深吸了一口氣，緩緩地說。

「所以我們才想找妳來，」她看著我，露出很簡單的笑容：「妳擁有比我們更

所有扎實的幸福感，

都是來自自己由衷地感謝所有的壞運氣。

大的力量，能讓更多人珍惜自己的生命。」那一刻，我幾乎不敢看她的眼睛。他說，今天是她洗腎的日子，但她為了見我，拜託醫生讓她昨天先洗完，今天才能好好地見我。我無法言喻自己的激動。何德何能，我能擁有這樣的信任，好好地為一個故事寫下一些自己零星的感受甚至感動。何德何能，我是真真實實的張西，不是網路上的一個名字，不是書店裡某一本書上的兩個字。

看著手機裡這幾天的照片，我真的開始捨不得這趟旅行了。

人生漫漫，誰都特別，也誰都平凡，我在旅行裡遇見了再多人，聽到了再多故事，都無法整理成一種生命的通則，或歸納出我們生活的道理。

事實是，我蒐集不完所有的悲傷，好比我也承載不來所有的幸福。事實是，我知道自己所有的書寫都不是為了聚集成某一種力量，去傾軋任何人原有的思想。但在一個個陌生人面前，原來文字極其微小，也極有重量。

二〇一六年十一月八日，我遇見了一對小情侶，在氣溫十幾度的小山裡，我看見了一件事，人們所有的苦難都是同一種迂迴的平凡，活著就是一種修行，無論用什麼方式。

比台北晚一點，今晚的我才穿起毛衣，才覺得冬天要開始了。後來我收到他的一小則訊息。

「或許有一天我們有個人會先離開，或是我們會分手，但至少這段愛情可以被妳保留下來，所以謝謝妳的到來。」捧著手機，我覺得眼窩熱熱的。

多麼慶幸，這一份愛，恐怕有一天會讓人傷心，但在我遇見的這一個晚上，只有幸福。

20

2016.11.9
花蓮・鳳林

反省

成為住在自己的名字裡的人，
而不只是讓名字住在這個世界上。

我們應該算是在旅途中遇見的吧。他也在旅行。

他的旅行是為了要給自己一個結束。從台北開始，要到高雄去，一站一站，他要把這一路的風景一一寫進一本空白的筆記本裡。他說，那是要給她的最後一份禮物。

他們交往一年多，遠距離。「她是個很渴望家庭的人。」二十二歲的她，已經想嫁給二十六歲的他。可是，他仍不安定，人生的變數如一波波的海浪，永遠沒有人知道載浮載沉的自己是離岸越來越遠還是終於能在沙灘上擱淺。

起初是她想結婚，他不想，後來，等他終於決定要娶她時，她不想嫁了。結婚這兩個字，很難想像在和我相仿的年紀裡，這已經是生活裡需要考慮的其中一個選項。

當時的他剛換工作，一切都還不穩定，沒有辦法一次處理那麼多事情。我看著他，有一種離現實很近的感覺。生活的壓力會傾軋到感情裡，這是真的。有時候不是不愛了，而是愛不能解決所有的事，所以有時候在解決愛以前，我們害怕愛給自己的混亂，於是想先把它放下，想先釐清自己。我不知道這樣是不是好的方式，我看著他，一個人做的任何一個選擇，都不是偶然，而是必然，因為選擇背後裡的人生脈絡，才能真正解釋這個選擇。

最後，他們分開了。他辭掉了工作，開始一趟結束這段關係裡的自己的旅程。我沒有問太多關於旅程裡的事情，但我知道他有一本筆記本，寫滿字，還有很多的拍立得。我比較好奇他更久以前的過去，後來我發現，他也是一個活在我以為的故事書上的人，比如他跟我分享的，我印象最深刻的一件事。

那時候他國中二年級，他發現體育組長會把女同學帶到器材室裡，不知道在做什麼，有一次，他看見自己喜歡的女孩被帶進去，他偷偷跟在後面，故意在器材室外面大聲地掃地和說話，他想讓那個老師知道外面有人。後來，上課後，他在女孩進教室前問她，要不要蹺課。

「她說好，那是她第一次蹺課，什麼表情都沒有。我也不知道怎麼辦，她是個很乖的女生，我帶她翻牆出去，去基隆廟口吃香腸和豆花，她都不說話。直到我們坐在豆花店裡，我問她，還好嗎？她忽然掉下眼淚，說老師一直摸她，還要她什麼都不能說。」

我看著他，想到最近重新上映的韓國電影《熔爐》，那部片我在幾年前看的時候一直按暫停，因為我沒有辦法接受那樣可怕的事情發生在我眼前。而幾年後，我竟然親耳聽見了類似的故事。

「我很生氣，於是去跟訓導主任說了這件事，後來有很多女同學都有出來指認，那個老師最後被革職了，革職前還隨便找了一個理由把我叫過去，甩了我兩巴掌。這個世界上，真的存在很多人渣。」可是還好，他不是。

他唸的是基隆的航校，接觸的人是我不曾想過的，他曾在撞球店裡遇見別人打架鬧事，他也曾打過架，我猜就像電影《艋舺》裡演的那樣吧。在離我很近的地方，我在台北，他在基隆，卻是截然不同的生命經驗。

「其實，這一趟旅程出來，我才覺得，自己是一個被保護得太好的小孩。」我看著他，這些話，是直到遇見他，我才真正地看見自己以前的樣子，原來都在溫室裡。那些令我驚訝和震撼的故事，可能太震驚，我還沒有往自己身上找到一個套路去重複思考和咀嚼，可是經過了他們，來到了他的這一晚，打開他家的這一扇門，我才體會到這件事。

從一開始「以一份甜點換一個故事」，當時就已經有很多的朋友覺得這對我而言很危險，他們多數是怕我被迷姦，怕陌生人在飲料裡下藥，怕我有了不能彌補的遺憾。

我想我是懂的，但我還是瞞著朋友們創立了故事貿易公司，似乎也找不到為什麼，只是直覺地相信，我若不做，就會後悔。這一次的旅程其實也是，我曾開玩笑地跟朋友說，你們阻擋不了我，就只能祝福我了。

此刻的我在花蓮的某間小店裡，忽然覺得自己的無所畏懼其實很天真，或是說很奢侈，因為沒有真正地被陌生的世界欺負過，所以才能義無反顧地去相信世界的善良和美好是一種恆常的狀態。

我忽然對於以前自己寫的那些，好比「要始終相信善良」這樣的話感到不安，那樣的話很美，充滿價值性的語言容易騷動人心，容易變成風向，但說著那些話的我，卻是如此驕縱，想到這些，我就覺得很羞愧。真正能把這些話說得有重量的人，是見過了世界的惡，仍相信善良的人吧，比如這趟旅程裡遇見的那一個，從小在家暴環境下長大的她。

有一種感覺到旅程快要結束的心情，我跟這些小房東們聊起的東西，好像也不局限於他們要和我交換的故事，我們交換的，變成一種當下的狀態，就像甜點換故事的時候，後來的感受到的那些。

「成為住在自己的名字裡的人，而不只是讓名字住在這個世界上。」

這是我昨天想起這個故事時，寫下的句子。張西張西，好像我終於能把這兩個字在一次次的反省裡，看成是一個真實的自己。

我想到曾有個朋友說：「妳把張西建構得太美好了，所以會覺得自己配不上。」

當時我感到很深很深的難過，因為我沒有去建構張西，那是真實的我，只是不是全部的我。有趣的是，這一趟旅行，走到那些總是看著我的文字的人面前的，是全部的我。這也是一種練習和釐清吧。

這一篇日記寫起來好像淡淡的，但挺自在，可能沒有寫下太多關於他的故事，但梳理了很多的自己。

二〇一六年十一月九日，鳳林鎮上的一個晚上，適合放慢步調，深呼吸，輕輕反省。

這一趟旅程出來，

我才覺得，自己是一個被保護得太好的小孩。

21

2016.11.10
花蓮

隨性先生

就 怕 我 們 聽 得 見 自 己 的 聲 音 ,
只 是 不 敢 聽 見 ,
於 是 不 敢 存 在 。

一年前我們曾經見過，在我心血來潮舉辦的三更講座時。

那時的我正在劇烈的失戀裡，情緒失控，文字也失控，行為更是在失控的邊緣，雖然現在想起來很輕，可是畫面仍是很清楚的。當時我有一份短期的專案工作，與楊環在同一個辦公室，我記得那天午休時，楊環跟我說，欸，我想做一件瘋狂的事，隨便什麼都好。小小的上班族是不太能說走就走，拖著行李就出發的。於是我想了想。

「不然，今天凌晨三點，我們來玩一個三更講座。」我說：「我在故事貿易公司上面徵人，邀請一些讀者跟我們一起聊自己做過最瘋狂的事。」

楊環看著我，沒等她說好還不好，我就決定要這麼做了。三更講座其實一直是我心裡的一個小念頭，只是從沒有真正執行，畢竟，凌晨三點、陌生人、大安森林公園，這幾個詞加在一起，聽起來並不太安全（尤其是凌晨三點和陌生人）。

沒想到最後有十五個人報名，來了九個人（其中有五個睡著了沒有爬起來，一個被困在車站）。而他是九個人中的其中一個，當晚的每一個人都沒有說出自己的名字，每個人都有一個代號，比如，我的一個好朋友，想太多小姐，又比如他，隨性先生。我們用個性替自己命名。

那是很奇妙的一晚。我跟楊環十點就睡了，兩點時我和楊環把彼此叫起來，我們一起到復興南路上的永和豆漿買了十三杯熱豆漿，一個十月底的台北，已經有點微涼了。

那一天的他是隨性先生，我們在大安森林公園的露台圍坐一圈，我已經完全忘記他長什麼樣子，只記得他說的故事。他說他很隨性，有一次心血來潮想從花蓮騎車回台北，他就這麼做了，在一個很深的夜裡。對他的印象，大概就這麼多了。這次看見報名表單上有他，就特別想再見他一面。

他是花蓮的第二個晚上，我們約在花蓮火車站。他說，他有個朋友也是我的讀者，想和我一起晚餐，所以那天，除了遇見他以外，還有他的好朋友。

寫到這裡的時候，我其實刪掉了一句話：「他和他的好朋友都是那種很簡單的人。」因為我忽然發現，這趟旅程裡，我好像頻繁地寫著這句話，不知道為什麼，對於這些陌生人，我都是這樣的感覺，所以總會忍不住這樣描寫他們。

他很斯文，白白淨淨的，帶著一副粗框眼鏡，高䠷的身材，他的朋友也是，格子襯衫，粗框眼鏡，乾淨的臉龐，笑起來很好看，跟他們說話很舒服。我們像老朋友那樣，在小小的房舍裡吃著火鍋。

「一開始，我在執行一個計劃，是幾年前，我們想提供一些來到花蓮的旅客不用錢的指南，我們還設計了名片，在火車站附近發名片給那些觀光客、外國人。後來我們觀察啊，他們都會很親切地說謝謝，可是不會向我們發問，我們想，也許自己一個人拿著地圖，自己一個人主動去找出他要的目的地，也是旅行的一部分吧。」

我一邊聽，一邊把豬肉片丟進牛奶鍋裡，腦袋裡跑出很多句子，但我沒有說出任何的話，示意要他繼續說下去。

「後來，我們不想做自己不開心的事，一件事情做起來自己開心似乎是很重要的，所以就決定改變方向，變成『小遇計劃』，遇見的遇。我們在各大火車站、

我們做的每一件事，
都是把自己做一次次地調整。

捷運口，跟別人擊掌，可能就像很流行的免費擁抱，不定時，想到就去，每一次無論人多人少，我們都很開心。」

我把嘴巴裡最後一點點食物嚼完，輕輕地笑了。

「以前，我會覺得，這件事很有趣，但我不會去做，因為我覺得它沒有『然後』，我想做可以被累積的事情。」我說：「但其實，這個想法好像太自負了。怎麼說，我也有好多那種一次性的念頭，最後有持續做，做出所謂然後的也沒幾件，可是後來，我總會給自己這樣小小的期許，希望我做的事情，都有所累積。」

他看著我，坐在對面的她也是。

「可是現在，我會覺得這樣的事挺好的。」我轉過頭去看她，繼續說：「這些，都累積在自己身上呀，我在想，以前我會這麼想大概是因為太在乎別人的想法，又或是，確實，在這件事裡，好像看不見一個實質性的累積，可是我們做的每一件事，其實都是把自己做一次次地調整。所以我覺得，挺好的。」我笑了笑，他們也是。

接著我們之間有一些些小小的沉默，我知道不是尷尬，而是需要把這些話想一下。我又丟了一片生豬肉到鍋子裡，再次開口：「而且，這種不需要管有沒有然後的計劃，做了，你們都很開心，也就好了吧。我相信你們也仍有其他想做的有然後的事。也許不是每一件事都需要有然後。」

那是很開心的一頓晚餐，好像時間暫停了。我們聊的內容大多不太是故事，而是想法。她跟我分享她什麼時候開始思考自己的價值，思考自己與社會的關係，現在的她在澳洲唸影像設計，是她的興趣，她在自己喜歡的路上，盡自己的努力。看著她，我想起唸傳播的自己。時常會有人問我，我是念什麼的？最常被猜的大概就是文學院或商管學院，然後我都會笑笑地說，是傳播學院。高中以後，我們所學的東西，真真實實地影響著我們，儘管有很多的大學生總覺得，大學學完了，也不知道自己要做什麼。

「還是不免俗地會因為在意別人的看法而害怕去選擇吧。」她說：「就好像在對世界吶喊。」

「可是，」我皺起眉：「我們從來沒有停止對世界吶喊呀。」他們一起看著我，我把筷子放下。

「有的人是為了讓別人聽見，有的人是為了讓自己聽見。被聽見了，於是我們就覺得自己存在了。其實，最怕的是，我們明明聽得見自己的聲音，卻不敢聽見，我們不敢在自己這裡存在。」因為怕那樣的存在，不算存在。

他們沒有說話，但嘴角還是漾著淡淡的笑容。這大概就是我跟他們說話的氛圍，一直都淡淡的，很自在。

後來，我們去海濱公路散步，但是她要趕十點的火車回台北，隔天凌晨五點的飛機，她要回澳洲了。在他載她去火車站的空檔裡，我在海濱公路上聽海浪的聲音，其中一隻耳朵放著汪晨蕊版本的〈愛情轉移〉，感受忽然特別多。於是我拿出手機，依著自己腦海裡跳出的句子，打了一小段落的文字。與我跟他們的談話無關，那幾分鐘，好像就是自己的。

他看我很喜歡海濱公路的感覺，就問我，有沒有看過花蓮的夜景，我說沒有耶，他說我們回去的路上可以順便去看，我說好呀，然後我們就到了向陽山。這是我第二次看夜景，第一次是跟前一個男朋友，我沒有看過夜景，記得當時我只是隨口說說，他就找了一天，查了路線，把我載上山，但其實我仍對夜景的浪漫情懷沒有很深刻的感受。

我們叮叮咚咚地上了向陽山，看見了整片花蓮。他有一種紳士的氣質，讓人理解這樣的氛圍並不曖昧。後來我總跟朋友說，這次的旅程裡，遇到的男生都是這樣的，所以確實在有著危險性的人性面前，我們仍很純粹地只是相遇然後道別，當一夜彼此的過客，交換一種彼此的狀態。

嗯，狀態。

「其實，我一開始很抗拒報名這個活動，因為我覺得自己的狀態不好，好像還不能好好地見妳一面。」他說。

「可是我的狀態也不好啊。」我笑著說。

「總覺得我應該要把自己整理好了，才能來見妳。」坐在他的機車後座，這句話我覺得似曾相識，好像前幾天的某個小房東也曾經這麼說過。這是什麼樣的心情呢？我其實挺好奇的，但我沒有問，是後來，我坐在咖啡廳裡打著字，我才深刻地感覺到，無論狀態的好壞，我們的相遇就是一場交換，看著此刻的彼此，就算不是最美好的樣子，也仍值得收藏和紀念。

他說，其實他的家裡最近發生了一些事情，那讓他覺得很無力，他沒有說得很仔細，我也沒有多問，只是想起了自己曾經也對家裡，或是「家」這個印象的無力感。

「會不會是因為我們既定的美好想像被鬆動了呢？我們以為美好的記憶會延伸成美好的未來，但當某些變卦讓這樣的延伸被阻斷，我們便開始感到不安，甚至讓不安傾軋了生活。可事實是，美好的記憶從來不被保證會延續成美好的未來。」我說。風從我的左右側灌進我們之間的空隙，我的頭髮被吹得紛亂：「我們一生的樣子，要走到最後回頭看，才能夠被看清。」

他坐在前座沒有說話。我想我們每個人對待自己傷口的方式都不同，有時候是別人傷害了我們，有時候是我們對於一件事情的期待不如想像於是自我傷害了。

回到他家後，他很有禮貌地說他今天睡客廳。他的住處是家庭式的，住了兩對情侶和幾個男生。走進他房間的時候我其實挺訝異的，很不像一個男生的房間，但也不是說很女性，而是很乾淨。咖啡色的地板，抹茶綠的瑜伽墊，還有小小的書櫃和桌燈。我看見櫃子上有很多小小的玩具，其中有一個是紙黏土做的艾莉緹（《艾莉緹》是宮崎駿動畫電影的其中一部）。他說，那是女朋友做給他的，因為他很喜歡艾莉緹，可是總找不到艾莉緹的小玩具，於是女朋友就做了一個給他當生日禮物。

當下我就想，啊，這就是一個平凡簡單的男生，平凡簡單的生活吧。或是說，每一個平凡簡單的我們，都是如此，有著平凡的煩惱，有喜歡的平凡的事物，有想做的平凡的事，可能這些平凡都不盡相同，可能我們也都不是同一種人，但我們都這樣帶著困惑和期盼在生活。

其實，到男生的房間我本來都會有點擔心，可是這幾次我遇見的人們都有著善良的心，讓我覺得挺安心的。我笑著問他，女朋友不在意嗎？他說有跟女朋友溝通好，然後我也笑了。謝謝他的女朋友，讓我有機會能這樣去仔細觀察一個人的生活細節。

隔天早上，他推薦我一家早餐店的三杯雞系列，我點了三杯雞翡翠抓餅，一打開後，我忽然覺得很幸福，我好喜歡這種色調。「對了張西，昨天我的那個朋友想問妳，如果想要給這趟旅行一個顏色，妳會選什麼呢？」他跟我一樣坐在地上，打開他的早餐，抬頭問我。

「就是三杯雞翡翠抓餅的顏色吧。」我想了一下然後這麼說。

「為什麼啊？」

「不知道，可能是很符合我現在的狀態，鵝黃色、抹茶綠和深咖啡色，我覺得特別接近地面，有一種很踏實但很舒服的感覺。」我說：「就像這趟旅行，到現在，我累積的感受。」他笑了笑，我也是。

我忽然覺得很幸福，
我好喜歡這種色調。

「其實，妳出書那陣子我以為妳變了。」他說的是我的第一本作品《把你的名字曬一曬》出版的時候。好像忍了很久似地他忽然開口，我很認真聽，因為確實，他看過一年前的我，儘管我把他記得很模糊。

「怎麼說？」我問。

「我以為妳要變成那種很商業的創作者了，要開始寫那些很獨斷、離我們很遠的事，或是，依著大家喜歡的樣子，變成大家喜歡的樣子。就是，不是原本那種妳喜歡的自己的樣子了。因為一年前，我覺得妳很喜歡自己的樣子。」他說：「可是後來，我怕妳喜歡的是別人喜歡的妳的樣子。」

「我也迷失過呀。」我笑了笑，然後把我的迷失故事好好地跟他說了一遍。

「嗯，我看到妳後，才覺得，對耶，妳沒有變。可能變過吧，可是妳也是跟我們一樣的平凡人，我好像把這些很厲害的人想得太完美了，然後就會覺得，他們不可以偏離我的想像，一定要這麼完美。」他邊說邊笑了出來，我也是。其實，這樣多好，看見自己那麼的普通，於是才活得那麼自在，笑得那麼開懷。

二〇一六年十一月十日，旅行進入倒數十天，沒想到寫著寫著，這三十天就要過完了。

還有五天，我想用這樣的步調，一天一天慢慢地把這些故事寫完，無論長成什麼樣子，就像張凱說的一樣吧，在隨性的旅行裡，也要保有自己的原則，比如持續地書寫，這是我答應自己的事，所以要做到。

還有好多感受，但就留著吧，也許回到家以後，這些故事會更深刻。

22

2016.11.11
花蓮

黑暗面

生 命 是 一 席 沉 默 的 晚 宴 ，
痛 苦 和 幸 福 的 喧 鬧 ， 都 仍 不 夠 大 聲 ，
不 夠 讓 我 們 的 傷 口 真 正 的 癒 合 。

矛盾和掙扎也是一種釐清的方式，可能比較慢，比較讓人害怕讓人忍不住看見自己赤裸的懦弱。

「可是，你要看見自己的黑暗，你要和自己的黑暗共存，你才能繼續生活。只是人們好像被所謂的正能量弄怕了，怕所有的負面都會帶來負面的影響。」她邊說邊露出很好看的笑容，像是從一個很遠的黑點裡走來，仍帶著自己的光。

在心理劇裡，她演了別人的黑暗面，她只問那個人一個問題：「你會回來看我嗎？」她說，那個人哭了，她也哭了。然後那個人說：「會，我會回來看你，但是用不同的我回來。」那一刻，她覺得母親的離開其實並不可怕，其實她只是忘了可以用另外一種眼光看待自己。

這是在花蓮的第三天。她是一個諮商心理師，養了一隻狗，現在正在唸諮商研究所。

「我覺得旅行到這裡，我看見了人們的相同，就是生命從來都不完滿，每個人都帶著傷口生活，可是還是活下去了。老天爺給我們一樣的生命元素，比如快樂，比如痛苦，我們的個性支配著這些元素，鑄造出我們的命運。我覺得很有趣，人們用經驗活著會感到比較安心，用想像活著比較隨心所欲。生命明明沒有通則，我們會從很多的相遇和離別裡揀選自己願意相信的信念，拼貼成自己的樣子，卻仍忍不住想，我是不是能有更好的人生，我是不是能有更好的未來，我是不是應該像誰一樣，做像誰一樣的事。但不存在吧。不存在，可是仍要找尋。因為一個人的樣子，是要走得夠遠了，回頭看，才看得見。」

後來的我和他們，談越來越少的自己，談越來越多的觀察和發現，好像故事只是一種價值觀或生活方式的裝飾，我們穿不同的衣服，說不同的話，卻可能是同一種人，相信著同一件事。

在花蓮遇到張凱後，才很真實地感覺到，三十天對這趟旅行而言似乎太長了，可是這種感到冗長的步伐也是旅行的一部分吧。她說，旅行也會累啊，妳會看見在時間裡被拉長的自己。我看著她笑了笑。我本來想跟張凱說，這個小房東是一個很簡單的人，但我發現這趟旅程裡，好像每個人都是簡單的人哪。忍不住想到前幾天收到一個小房東的訊息，她用愛因斯坦的相對論形容了我的旅程。

「在台灣不同城市的我們因為你的這場旅行而有所關聯，就好像小時候在玩繩結，一個一個被串起來，有了唯一的共同點，就是妳。愛因斯坦的狹義相對論提到，當物體在真空中以光速前進時，距離會縮短，時間會變慢。妳在這將近一千公里的旅程裡，放慢了我們的時間。不同的故事在一個晚上壓縮成了銀河裡的星星，有了自己的時代與狀態，卻一樣閃爍明亮在此刻。」

我好喜歡好喜歡這個說法。

「你走慢了我的時間。」——這樣說起來，怎麼看都覺得好浪漫。

23

2016.11.12

花蓮

你的前方永遠會有好事

我們納不進太多的故事，
但這些已經足夠我們在年老的時候，
一件一件慢慢忘掉。

她是個很輕的人，從台北來到花蓮，跟之前遇到的小房東很不一樣。她身上確實有著台北人的特質，後來我逐漸發現，真的，每個地方的人們，都不免地會有來自那裡獨有的樣子，甚至是思想。但差異不等於優劣，有時候我們無權選擇的那些，其實藏著更多的選擇。

「不知道妳來之前發生了什麼，我只知道妳是過客，馬上就會離開；但，即使如此，還是希望妳的前方永遠會有好事，會有只單純想對妳好的人出現。這是我送妳的二〇一六年秋天。」——佩

打開她在分別時塞給我的紙條，花蓮的陽光熱熱的，還有一點海的味道。

我覺得每個人都在一個點裡面，用年歲掙扎，再用後來的自己去釐清每一個看不清的當初。大概是像煙火吧。一顆小小的火苗，掙扎成一閃即逝的花火。可能，匆匆，就是生命的樣子。我們納不進太多的故事，但這些已經足夠我們在年老的時候，一件一件慢慢地忘掉了。

明天是在花蓮最後一晚，接下來就剩一週了，三十天，真快。起初還沒準備好要開始，現在卻是還沒準備好要結束。

24

2016.11.13
花蓮

單純過渡

願 我 們 ， 不 把 自 己 的 缺 口 當 作 缺 陷 。

我在花蓮的最後一個晚上是她。她是父母的掌上明珠，每天都還是要跟母親打通電話，在她身上看不太見媽寶的影子，她其實挺獨立的，來到花蓮念學士後中醫。記得吃完晚餐後我跟她說，我相信妳會成為一個很棒的中醫。這是心裡話。雖然我還亂七八糟地要她幫我把脈，她說，妳的脈很深，應該很累吧。可是看著她，卻感到很放鬆。我和她聊了很多自己，就像心已經要飛回台北了那樣。

搭車前往宜蘭的時候我在想，沒有談過戀愛的她，二十六歲，如果受傷了怎麼辦。我忽然很感謝自己的人生，在某一處就開始有了裂痕，那些裂痕變成了一種空間，能慢慢淘汰某些舊的自己，或是，淘汰不了的，還能有個地方，緩緩把那些傷口折疊、收好。

回到台北後，想起她的笑容，仍能記得那種放鬆的感覺。她說，妳看，我的窗外看出去，是中央山脈。我笑了，想起我是從山的另外一邊來到這裡，遇見她，忽然就覺得奇妙。時間與空間，都像不存在的那樣存在著，等有一天，我們在別人身上發現，原來存在和不存在，都可以無所謂，只要此刻，我記得你，那就好了。

25

2016.11.14
宜蘭

準大人

世界和你想的不一樣，
也和我想的不一樣。
可能，世界並不存在。

這一天的我在宜蘭，她是這趟旅程裡第二個十七歲的女孩。

她喜歡紙膠帶，我們玩了一個晚上。她跟我分享了好多她的夢想，好多可愛的念頭，我像是看到了十七歲的自己。可是，怎麼說，我開不了口，我無法跟她說，世界跟妳想得不一樣。也還好我沒有開口。因為我知道當年十七歲的我，聽見這樣的話每每都覺得刺耳。六、七年後，她來到我的年紀，那樣的世界，我也不了解，所以我怎麼能用此刻看見的世界，去評議此刻她想像的未來的世界。

說起來挺有趣的，我喜歡跟她聊天，因為她會用一種靦腆的表情傻傻地一直笑著。我忍不住跟她說，妳的眼睛笑起來很好看，然後她又傻傻地笑了。我跟她稍微聊了一下近幾年吵得很熱的文創這兩個字，因為她對文創很有興趣，我們交換了觀點。或是說，我聽著她對於文創的想像，然後我有些雞皮疙瘩。我猛然想到自己大二的時候，上了某一門課在討論媒體素養和識讀能力，我們所接觸到資訊的方式太多，資訊內容卻又過於局限，我們仍有一絲絲以喜好為過濾的篩選行為，但又不甚完全，而我們所篩出的那些資訊，是更靠近還是遠離事實？可是，哪裡又有事實，我所看見的和她所看見的，怎麼區隔誰真誰假？

太多太多了，在那個晚上我不斷地東想西想，面對一個十七歲的她，我卻有很長的時間都是沉默或輕鬆的大笑，可是很心底的地方，其實有些徬徨和不安。對於每一個世代看見的世界，每一個世代在以自己的方式努力推動的世界，到底是什麼？

她說，她想成為像我一樣的大人，我開玩笑地說，妳確定嗎？我很窮，而且不懂妳最愛的紙膠帶，還有我大笑起來沒有很優雅。聽著這些話，我心底是挺有壓力的，原來，我已經一步步，要去成為一個大人了，可我還有太多不純熟的地方，有太多她沒有看見或是我已經太習慣去隱藏的缺點。

那天晚上聽說有著六十幾年來最大的月亮，我們一起在她們家的頂樓看月亮，甚至還看見了冬季大三角的星象。看著看著，我就跟她說了一個大鼻子先生的故事，講的是大鼻子先生決定要在星星上面死掉，於是他花了一天的時間準備這件事，最後他就搭著火箭往一顆星星去了，也不知道他有沒有抵達那裡，有沒有真的死掉。睡前我把故事取名為〈沒有時間的一天〉。她很喜歡，我也是。

那些沒有邏輯的故事，有時候想起來，更讓我覺得放鬆，然後想做動畫電影的夢想，又悄悄被燃起來了。

到台北車站的時候，知道一張悠遊卡就可以回家了，但我還是拐了一個彎，進了火車站，要把最後幾天走完。

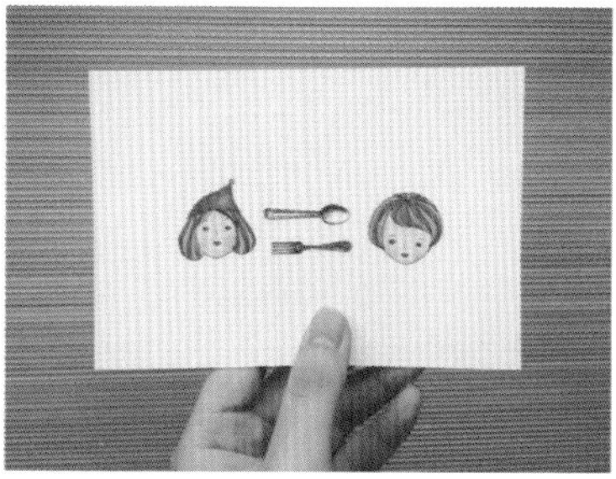

每一個世代，

都在以自己的方式努力推動著世界。

26

2016.11.15
新竹

平行時空

我 仍 不 敢 和 自 己 靠 得 太 近 ,
我 怕 自 己 不 懂 她 的 時 候 ,
她 會 痛 。

「妳聽過平行時空嗎？」她問我。我點點頭。確實，也許她和我想的一樣，我們好像在不一樣的時空裡，遇上了很像很像的事。

她三十二歲，有一個八歲的女兒，未婚夫在她懷胎七個月時離開她。在她的女兒入睡後，我才覺得她像一個大女孩，有著傷口，有著悔恨，有著埋怨，也有著感謝。有著自己的角落，有一個小小的遠方。她說自己像是一隻被淹死的魚，她的朋友反問她，魚怎麼會被淹死？我皺起眉看向她說，可是就是不會游泳，才被淹死了吧。她用一種，原來妳了解的眼神看著我。我想起幾年前自己在英國時寫下的一個念頭，海水和魚的關係，就像愛和我們的關係，我們不是生來就懂愛，所以始終都在學習如何愛與被愛，如同魚，我想有些魚，應該不是生來就會游泳的，比如她。

她是這趟旅行開始前，我最期待的一站，因為她在新竹，她說自己沒有故事。新竹，對我而言那麼熟悉又陌生的城市。後來，在她家的小沙發上，她說她一直在想，自己為什麼會是一個沒有故事的人。

「因為我沒有辦法把那些過去對自己說，那我又該怎麼跟別人說呢。」所以她想像當我們遇見了以後，我們只會沉默地對坐著。我確實感覺到她的小心翼翼，但不是對我，是對她自己，提起那些太殘忍的過去時，她總是用殘忍帶過。後來我在想，也許殘忍的不是傷害本身，而是我們永遠無法抹去那些傷害重新再來一次。

「所以，看著那些巨大又疼痛的傷害，我無法假裝灑脫地說我不後悔，我很後悔，後悔死了。」每次聽著她說話，都覺得她特別特別真實。

從她的書櫃裡，其實就可以看出她是個怎麼樣的人。她問我，妳覺得我是什麼樣的人呢？我說，海，妳像海。看起來平平靜靜，就像這些書，讀起來淡淡輕輕的，但想起來會深深的，很深很深。她笑了，然後才告訴我她曾覺得自己上輩子是一隻被淹死的魚。

「有一天，我是說假如，會有那麼一天嗎，妳會把關於孩子的爸爸的故事，告訴女兒？」坐在她的小沙發上，我問她，沒有帶上特別的情緒和表情。

「也許不會吧，我心底其實希望有一天女兒能自己來問我。可能那時候，當我敢承受自己被問起這件事，我才能真正好起來。」她沒有看向我，只是看著她大大的書櫃。

「妳知道嗎，在這趟旅行裡，我好像遇見了妳女兒長大後的樣子。」我看向她，然後把在西子灣的那一晚的故事告訴她：「那個女生很想知道自己有沒有父親、父親是誰、是生是死，為什麼她的生命裡，連一個父親的名字都找不到。」

「所以，也許妳的女兒也正在等妳告訴她，她會很聰明地知道自己不該問，很聰明地知道關於爸爸的事，可能就是關於媽媽的不快樂的事。」我說。她轉頭看向我，沒有說話。我們之間就這樣沉默了一會兒。我不確定自己這樣是不是說錯話了，如果沒有這趟旅行，沒有這些小房東，我恐怕也不會有這樣的串連，這樣的想法。我很怕這些是多此一舉。

「謝謝妳告訴我這個故事，這是我沒有想過可能會發生的未來。」沉默了一會兒後，她說：「遇見妳，好像遇見那個當年被我埋掉的自己。」她看著我的時候，我常常覺得那個眼神不應該是這個時空的眼神，卻又無比熟悉，大概是那樣的感

也許殘忍的不是傷害本身，

而是我們永遠無法抹去那些傷害重新再來一次。

覺吧。

在旅程的最後幾天裡，我總覺得，她是注定來讓我的旅程有個美好結束的人。距離回家剩下不多的天數，坐在台北的某個角落，我想起她說的那句話。

「台灣很小，但是每個人都在流浪。」

所以，也許，我們的心裡都有一處想起來會忍不住掉下眼淚的角落，無論那是不是家，都是我們惦記的地方，有了那個地方，身處現實和嘈雜人生裡的我們，才有力量繼續活下去。

比如，為什麼我會來到這裡，與她相遇。我很誠實地跟她說，只因為妳在新竹。那是我小時候生長的地方，雖然沒有太多的記憶，但也並不少。那裡有很完整的我，也有很破碎的我。遇見她以後，新竹好像不只是我所認識的新竹了。

「我覺得剛出生的我們是最完整的人，然後我們開始活著、開始破碎，我們會在這一生裡，用各種不同的方式、形態把這些碎片找回來，或可能找不回來。像是，我覺得女兒是我的碎片，妳也是。」她看著我的時候，我很怕她哭出來，因為我怕我也會哭。

「在這個時空的我，遺失了某些關鍵字——那些我無法閱讀、書寫和觸碰的關鍵字。而擁有這些關鍵字的妳，從妳的時空將它們帶來送給我。」

這是她給我的紙條，她說，妳上火車再看。我看完後的第一個念頭是，總有一天，那些沒有看過的自己，總會用一種自己防備不來的方式，找到你。

無論那是不是家，
都是我們惦記的地方。

27

2016.11.16

台北

經過台北雜記

也 許 我 生 來， 就 是 個 過 客。

國三那一年，父親和母親商量後，我開始住在台北。萬隆、景美、木柵、內湖、大安、三峽。尤其這三年，搬了八次家。每一次都在台北找家，下一個、下一個。每一次離開都想著，自己一定會回來。它其實不完全美好，但總覺得可以在這裡找到什麼，於是一待，就是十年。在這個我生活了十年的城市裡，第一次，它不是目的地，我只是路過它。就像我第一次來到台北車站大大地迷了路一樣。差一點，一個轉彎、一張悠遊卡，我就會跑去自己熟悉的巷子、找自己熟悉的咖啡廳，做那個熟悉的自己。

我忽然想念起那些快速摻和進我的人生的面孔，台中、埔里、雲林、嘉義、台南、高雄、恆春、台東都蘭、池上、花蓮，城市的名字仍囊括不了一種生活，在他們面前，我普通的只是個過客。世界之大，念頭會讓人遇見一個人、一群人，也會讓自己篩出自己的年華，成為長大的養分。裡面的相遇也許這輩子，就那麼一次，每天的日落，都可能是最後一次。恆常裡的變數，帶著荒唐，卻扎實地無法從自己身上摘除。

不知道怎麼說，踏到台北的土地上，站在台北火車站的月台，我的衣著終於不再突兀，我好像回到可以容納自己的城市，但又知道，這不是我的城市。

可能，我從來就不擁有哪個城市，只有一個名字，一個行李箱，一趟旅程，幾張臉，走著走著，走完了一生。被拋棄也拋棄過、被選擇也選擇過。遺憾的仍遺憾，幸福的也仍幸福。

也許我生來，就是個過客。有一把鑰匙，一個角落，一個想愛的人，一些煩惱，幾件熱愛的事，那裡就是我的家了。

每天的日落，
都可能是最後一次。

28

2016.11.17
台北

回到台北雜記

回到台北，就像回到熟悉的地方，
只是自己變得有點陌生了。

二〇一六年十一月十七日，離出發時的十月二十日已經過了二十八天。旅行剩下兩天。

回到台北，就像回到熟悉的地方，只是自己變得有點陌生了。拖著行李箱在捷運裡晃來晃去，也不覺得自己突兀。找了一間熟悉的店，窩進去把接下來的行程做了一些整理。最後的幾個小房東頻頻讓我覺得心好滿好滿，好像他們是來替我的旅程做最好的結束的，從每一個人的眼睛裡都好像能看見一個清澈的靈魂，待我慢慢去記錄和書寫。雖然我已經沒有辦法像旅程一開始一樣寫長長的紀錄了。我的心好像還不夠深，還裝不下這麼多紛亂的情緒。

發現自己這幾天幾乎沒有辦法在網路平台上發文，忍不住想著自己與網路的關係，為什麼要寫這些，為什麼要做這些事。就在每每寫完隨意的筆記之後無法自在地把寫好的篇幅按下發送，好像太滿的瓶子，變得很沉默，腳步又輕又沉重。

今年冬天跟去年很不一樣，我好像從很多人的世界裡，帶回了另一個自己。好像經歷了一場穿越時空的旅行，當我們是彼此的過客，我們也是被彼此拾獲的碎片。想起前天的她問我，妳聽過平行時空嗎？我點著頭，確實，想起這趟旅行裡的每一個臉孔，覺得每一天都是注定，我好像一一地從這些陌生人的人身上找到了自己遺失的碎片。

好像有點語無倫次了。這兩天，明明很想回家，明明知道回家後再前往下一站一定來得及，但好像就是不敢回家。因為回家，就表示這趟旅程真的結束了。可是我還不想從每一天晚上那麼強烈深刻的感受裡遠去。

我好捨不得。

我們是彼此的過客，
我們也是被彼此拾獲的碎片。

29

2016.11.18

台北・淡水

最後一晚我和她在操場看星星

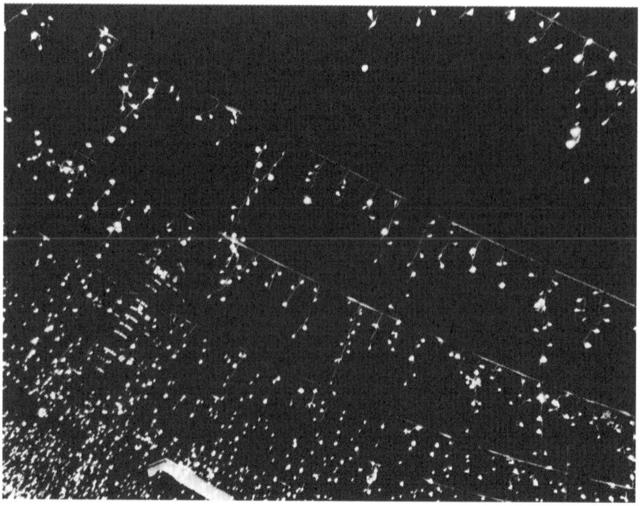

文學不只是創作者的事，

也和接收者、轉譯者、流傳者有關，

文學是每個熱愛文學的人的事。

「文學不只是創作者的事，也和接收者、轉譯者、流傳者有關，文學是每個熱愛文學的人的事。」她看著我，緩緩地說。

她的笑容很好看，話不是非常多，但也不少，說了好多我所不知道的文學。我說，有妳當我的最後一晚，好幸福，好像繞了一大圈，走回自己的原點，這都是注定吧，能不能讓我搭搭妳的肩。她笑著點點頭。其實我是想擁抱她。時間停不下來，我就算多緩慢地說一個又一個的故事，仍緩慢不了時間，只是讓它用更快的速度流逝。我幾度酸了鼻頭，熱了眼窩，這三十天，我何德何能。

我笑著說，也許我上輩子是一個小超人，救了一個島，這輩子遇到的都是那個島上的居民，成為遇見的每一個真心待我好的人。她看著我笑了。我說了很完整的木子先生的故事、很完整的我與姑姑的關係、很完整的我對出版社的信任和感謝，還有很完整的，在故事貿易公司之前的那些那些。好像有些舊的帶不走的自己，就這樣被留在這三十天裡。當這三十天結束，我也要跟這些自己道別了。

「如果可以，我想當星星，而不是流星，我不想成為那種讓人一擁而上的人，我想要在自己的軌道上，小小的燃燒著，就算是走過幾萬光年後才被看見。我不在乎。」我想著說著這些話的自己，是用如何的姿態活著，用如何的語言存在。仍沒有解答，但也並不害怕了。

後來我們躺在淡江的操場中間看星星，滿天的星星，還有好多好多經過的飛機。她說，這上面是航道，所以每天都會有好多飛機經過。我在想，多好，這裡也是我的一段航道，能一個晚上看到那麼多飛機，真好。便利商店最後放的是阿桑的〈寂寞在唱歌〉，躺在她的床上打著字，她興奮地打開繁齊的詩集，我也重複播放著〈寂寞在唱歌〉，還好我沒有哭出來。

再也沒有比這個更好的結束了。

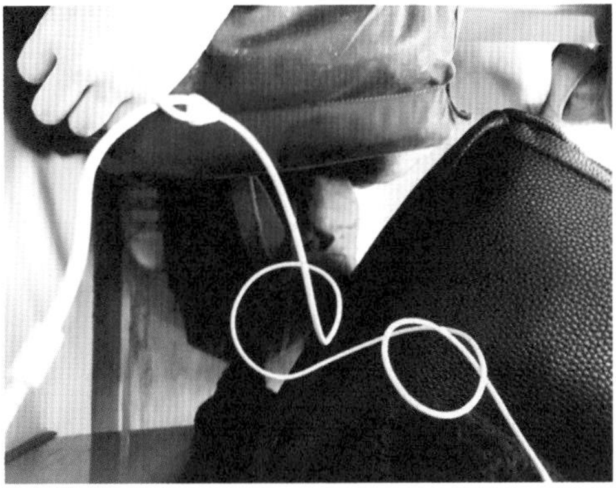

被沖散在人海的每一個靈魂，
只要有人記得，就值得深刻。

最後我們窩在捷運的窗邊，重複聽張磊唱的〈南山南〉。再重放一次的時候，我的目的地到了，她把右耳的耳機還給我。音樂還在繼續。

「這首歌我要接著自己聽完了。」我笑著說。

「真不想要妳走。」她邊說我邊接過我的耳機，笑得淺淺的。出車門前我又回頭看了她一眼。拜拜，我說。然後我沒有再回頭。全部都結束了。用一種我沒想過但挺浪漫的方式，就這樣結束了。

被沖散在人海的每一個靈魂，只要有人記得，就值得深刻吧。親愛的自己，還有這趟旅程裡的每一個小靈魂，謝謝，謝謝。

好像繞了一大圈，走回自己的原點，這都是注定吧。
仍沒有解答，但也並不害怕了。

後記／

後來

關於旅行

這是旅行結束後的三個月。

旅行後，我很少頻繁地向旁人提及這一個月發生的故事，我不想要好像去了一趟旅行，自己就變得偉大了。旅行不會讓人變得偉大。

回到台北後，我恢復和旅行前一樣的生活，接案、寫作、演講。一定有東西改變了嗎？我不知道。我只知道這趟旅行，並不如我所想像的，一定得捧著一本書待在咖啡廳裡寫幾本筆記，又或是要看似狼狽、曬成小麥色的肌膚去與路人搭話。那些旅行部落客與小清新電影裡所呈現的旅行，都沒有在我身上發生。大概是在最後的幾天裡，我才緩緩地意識到，以旅行本身而言，我們如何的性格、如何的目的，才決定著旅行的樣貌。旅行沒有範本。沒有應該的收穫，或應該的心得，應該的樣子。

關於台北

一直到現在，要我說出一個當時出走的理由，仍會是同一個：我覺得我的人生卡住了。卡在台北兩個字裡。台北原來，好小好小。

其實日常是沒有情緒的，那是一種帶著幸福也帶著傷痕安穩地活著的狀態，侵擾日常的事情才讓情緒跑了出來，比如談戀愛、失戀，比如寵物去世，比如工作不順利，比如意外。而在太久的沒有意外的日常裡，旅行完後的那些情緒起伏，也逐漸被稀釋了。很強烈的悸動，幾個月後，不諱言它們確實變淡了。然後台北，對我而言從很近，到很遠，現在又近了起來。

其實在整理書稿的時候才逐漸感謝S的提議，把它們集結成冊，也許哪一天，我又在這樣的日常裡快要溺斃，我可以打開這本書，提醒自己，這些情緒都是存在的。

台北台北，我仍不知道自己是不是屬於這裡，這裡讓我感到熟悉，但心底始終知道，它或許養成了後來的我，卻不是我的根。我們是布，會被浸濕、曬乾、染色，怕的是我們以為自己是染料，終生只有一種樣子，但其實我們是布，可能被撕扯、可能被拾獲，可能擁抱別人，可能遞出溫熱。大概是這樣吧。在這個城市，這樣認知自己，這樣的生活，無論走進了哪個城市裡，都足以把自己好好地包覆著。

關於陌生人

旅行中有一晚是很特別的，十月二十七日。二十六日晚上我收到二十七日晚上原計要去留宿的小房東的訊息，他是個男生，他說，他的母親認為一個陌生女子來到自己的家裡過夜，是很危險的事情，於是拒絕了我的來訪。在活動一開始我有向每個小房東確認家人的意願，因為，就和Ｓ說的一樣，這是私領域，並不是每個人都願意打開那扇門的。而當幾個人組成了一個家，那扇門後就是那一群人的私領域了，每個人都有那個私領域對陌生人的許可權，可能有比例的高低之分，但都有權表達與反對。

想想這是件很有趣的事，好像整個旅行中，他的母親是最真實的人。確實啊，怎麼就讓一個陌生人去過夜了呢，發生了什麼事情誰負責呢。整趟旅行結束後，我把那天的故事告訴一個朋友，他說，咦，不對啊，這明明是兩個人都同時承擔著意外的風險啊。我聽著聽著笑了出來。是啊，每一場相遇不都是這樣嗎。我們都是帶著對方也許會就這麼改變了自己的可能而開始對話，開始後來的交集或沒有交集。只是人們對於陌生的人，仍不免地會帶著恐懼，就像是故事貿易公司在一開始，以「一份甜點和陌生人交換一個故事」進行故事貿易時並不如想像中容易一樣。

事實上我面對陌生人時也會帶著害怕，回到家後，我才驚覺自己是不是太過魯莽和衝動，同時我也感謝，在這些魯莽和衝動裡我所遇見的每一個人，都是單純地只想對我好的人，無論是故事貿易公司一開始的甜點換故事，還是這一次的沙發換情書。

關於故事貿易

二〇一三年十二月三十日，將近三年半前的晚上，我在 Facebook 上創立了一個名為故事貿易公司的粉絲專頁，那時候還沒有張西，Instagram 也還不盛行。我只是想在生活裡找一點樂子，想找個地方能投放自己在生活裡的小感觸，於是開始用一份甜點和一個陌生人交換一個故事。二〇一四年，我換到了十個故事，二〇一五年七月，我被三采出版社找到。二〇一六年五月，我的第一本書出版了。在諸多的校園演講裡，很多讀者以為故事貿易是我書寫的起點，但其實它只是一個轉角，原來的那條路，直直遠遠的，回過頭會看見小學三四年級的自己，還有待過數個網路平台的自己。

後來我覺得，它像是我在網路生活裡努力想抓取的一點真實，因為每一場故事貿易，都是真真實實的我看著對方的眼睛，說著話或大笑著。曾有朋友跟我說，其實認識新朋友、或跟路上任何一個陌生人搭訕，都算是故事貿易，它並不特別。我不否認，甚至很贊同，可是在我心裡，它對我而言一直是特別的，它甚至改變了我，讓我擁有了自己未曾想過會擁有的身分，讓我的生命裡多了一群我沒想過會那麼親近卻又有點距離的人們，讓我達成了某些小時候很嚮往的事，也看見了在那些嚮往的美好背後，有很多的責任和義務要擔，有很多的時光必須加倍努力。

旅行後，有些讀者詢問我，二〇一七年還會有這樣的旅行嗎，或是，還會有故事貿易嗎？當然，對於故事貿易我總是給出肯定的答案，因為我是這麼相信著。不一定每一次的故事貿易都會變成出版企劃（一開始的甜點換故事就沒有），也許有一天臉書會不見，會有新的、更親人的網路平台崛起，人們會用更不一樣的方式生活，但我想，我不會停止故事貿易。它不會因網路世界的更迭而不同，因為它是真實的相遇。直到現在，我都感謝著三年半前的自己創立了故事貿易公司。

「張西，希望妳能繼續完成每一個妳的人生企劃書。」有一個讀者在旅行後傳了這麼一則簡短的訊息給我。我也簡短地回覆了他：「一定會。」

關於網路

旅行中途我發現另一件有趣的小事，旅行時我好像不那麼喜歡在自己的網路平台頻繁地發文了，雖然每天都還是有發著固定的照片和篇幅較短的故事，但我知道那是很直截地報平安，還有跟讀者們分享旅行的故事。對，跟讀者們分享。我怎麼會有這樣的想法呢，是我起先就有的嗎，在我創立故事貿易公司、建立一個 Instagram 帳號的時候就有了嗎。沒有啊。那這些故事為什麼要被公開地陳列，像展品一樣地被觀看，書寫是赤裸的，而我允許自己這麼做了嗎？

我想到了很多被稱為網路紅人的人們，又或是，換個方式說，在網路上有影響力的人們，他們是如何地思考自己所公開的東西呢，是像經營美術館一樣的小心篩選著每一幅畫作嗎？甚至，不需要是網路紅人，很簡單平凡的大學生、高中生、社會人士，又是如何思考在網路上的自己的呢？還是從沒思考過。我好奇的同時也困惑著。我沒有答案，然後繞了一圈再次想起自己。

我知道有一天，我也會像泡沫一樣地消失在網路世界裡。人們總是聚集、散去、散去再聚集，然後，再次聚集再次散去。對我而言，網路是很真實的，卻也很容易被架空和取代。所以再次謝謝S，謝謝整個三采出版社，讓我在現實的生活裡，能出版一本本與網路截然不同的作品。而對於網路與現實更多的論述，關於書寫之於網路、網路之於書寫的諸多想法，我想我可以保留在以後的作品裡。

「我們沒有生錯年代，但會不小心活錯世界。」

大約半年前，這是我偶然寫在自己的日記裡的一句話。當時是寫給自己的叮嚀，現在仍是。法國作家紀德也許是怕自己的情緒在文字裡太過赤裸，所以曾把情緒對話投放在不同的名字裡，那個名字有時候代表的甚至是他自己。我在想，後來我越來越常寫日記，在網路上的文章越來越片段不完整，也許是在書寫時我仍只能誠實，可是在網路世界裡，我逐漸不敢太赤裸了。我仍在學習，在我的情感能誠實地被完整書寫，並不傷害自己與他人的前提下，繼續在網路世界裡存活。儘管有一天我會從這裡不見，但至少存在時，能用自己喜歡並自在的方式存在。

關於被我刪去的那些

這趟旅行有三十天，我並沒有把每一天的故事都如實收錄，在旅行後也把每一篇故事都重新做了調整，有的微調，有的大幅度更改。

其實這一、兩年間，我在學習一件自己不曾學過的事——做一個優雅的人。我知道自己並沒有做得很好，常常還是個嬉鬧打混的年輕人。可是「當妳有了一定的影響力之後，妳就要知道，妳說的每一句話都要更加謹慎小心。可能說社會責任太沉重，但妳得學著去收起部分意識的自己，是不是真的適合那麼直白而赤裸地被公開。在不改變妳書寫初心的前提下，妳要學著適應這個新的社會角色，但永遠不要因此覺得自己比別人重要。妳可能比較不普通了，但也仍是個平凡人。妳只是熱愛書寫，記得這件事情就好，妳要一直寫下去。」一個朋友在聽完我對於自己身分的轉換而有的徬徨後，這麼說。

後來，我想到張小燕說過的這句話：「不要把自己看得太大，無論是你的沮喪或者是你的驕傲，其實都沒有那麼大。你以為全世界都看到了，但其實沒有。」我一直很喜歡這句話，因為我從小並沒有想要成為一個有影響力的人的夢想，我相信影響力不等於一個人存在的大或小，也不等於自己的所有都有被接受的義務。在平凡的生活裡，在張西這兩個字裡，在讀者面前，我仍只是個普通的女子。

那些被刪去的故事，不是不好，就像這些被看見的故事裡，也不全是幸福快樂，我把它們藏在很多生活的小短篇裡，可能某一天，又會被收錄進其他的作品。其實多數時候只是，我怕它們的赤裸，會再次傷害了我。

「寫字的人有時候會太過誠實，以致於太過懦弱，努力地把所有情感都留在字裡，然後允許自己逃跑。」

這是後來，我把它們刪掉後，寫在日記裡的句子。

關於後來的我和他們

後來，我與他們每個人幾乎都沒有特別聯絡了。就和故事貿易公司一開始遇見的那些陌生人一樣。在旅行開始時，我就告訴自己，也告訴他們，我們會回到幾近陌生人的關係，那一晚（或是那一個下午），我們才有辦法把最多的自己掏出來，因為知道此生可能只見這一次面，所以能忘卻時間，把靈魂攤開。也許是這樣，打開那些門，總覺得那些房間裡不存在時間。

曾有一個男生在以甜點換故事的時候成為我的貿易人，他在故事貿易結束後哭了，他說，怎麼會呢，我們剛剛明明靠得那麼那麼近，為什麼一轉身就是陌生人了。當時我不懂為什麼這值得流下眼淚，旅行後我才懂。這些人們，那麼善良可愛的人們，以他們的靈魂做我生活的胎記，我們成為彼此某個時空的關鍵字，我們在二〇一六年的秋天，因為網路、因為文字、因為故事貿易公司、因為張西兩個字，遇見，然後道別。

昨天的路總是特別長，因為看得見自己是如何走來。明天的路總是特別短，因為未知的每一步都可能是變數，都可能一個轉彎就是另一個人生。

謝謝在紛擾的生活裡，在嘈雜的人海中，在偶爾荒蕪的記憶裡，我們的平凡因為相遇而那麼、那麼那麼富足。謝謝那些晚上，你讓我走進了那扇門，你用那麼剛好的姿態，把我的時間走慢了，慢的當我再次想起你，你都仍那麼耀眼。

平凡的日子只要記得了就會發光。所以真的，真的，謝謝，謝謝。

關於出版

終於寫到這本書的最後一件事了，也是關於會出現這本書的第一件事——原本不會有這本書的。

旅行開始前，它就不是以一個出版企劃為緣由而出發的行為，出版社只有稍稍提及這或許可以變成出版企劃，當時我一口拒絕了，這是我自己的旅行哪，我不想要它被某個目的綑綁，我還沒有想好、也還不知道旅行的目的地。旅行中，收到S無意間地詢問，到旅行結束前幾天逛書店在書櫃上看見自己的第一本書《把你的名字曬一曬》，才慢慢地累積出一個我覺得可以出版的可能。如果出版是一個個作品的疊加，我希望我的第二本書與第一本書，能有很大的不同。

和三采合作第二本書才感覺到自己在第一本書裡的驕傲和任性（雖然做這本書的時候我也是挺任性的），也更深刻感覺到「出版」，是團隊合作。我是如此幸運，能夠遇見這樣的團隊、在這個團隊裡擔任一個自由而魯莽的寫者。這一切都不容易，所以，第二本書，仍要感謝我的家人和朋友，謝謝我從未想過會出現在生命中的讀者們，還有三采出版社，謝謝育珊經理、微宣副總編輯、Sophie 編輯、行銷姊姊 Ada、美術編輯、業務、物流，謝謝整個三采出版社，不是陪著我，而是和我一起完成了第二個作品。你們走慢了我的夢想的時間，在這個夢想裡，因為慢慢地走，才能看見，和你們一起，年復一年，何其有幸。

最後，常聽人說，一個作者的第一本書是最珍貴的，而我想，如果我給自己的目標是要成為一個作家，一個能夠配得這個身分的人，我的每一本書，對我而言，都無比珍貴。我不是為了成冊、為了成為作家而書寫，我喜歡書寫，而書啊、作家啊這些名詞像是有形口袋，把我對書寫的喜歡溫柔地裝在裡面，甚至是擁抱它。

再一次感謝所有的失去與獲得，時光漫漫，此刻我成了一粒沙，不小心把自己弄哭，卻倍感幸福。謝謝，謝謝。

「願你所有的追尋，都能帶你找到平靜。」

——給自己

國家圖書館出版品預行編目資料

你走慢了我的時間 / 張西著 .
-- 臺北市：三采文化，2017.06
面； 公分 . --（愛寫；17）

ISBN 978-986-342-842-8（平裝）

855 106007182

suncolor 三采文化集團

愛寫 17
你走慢了我的時間

作者｜張西
副總編輯｜鄭微宣 責任編輯｜劉汝雯
美術主編｜藍秀婷 封面設計｜藍秀婷 美術編輯｜陳采瑩
專案經理｜張育珊 行銷企劃｜劉哲均

發行人｜張輝明 總編輯｜曾雅青 發行所｜三采文化股份有限公司
地址｜台北市內湖區瑞光路 513 巷 33 號 8 樓
傳訊｜TEL:8797-1234 FAX:8797-1688 網址｜www.suncolor.com.tw
郵政劃撥｜帳號：14319060 戶名：三采文化股份有限公司
初版發行｜2017 年 6 月 12 日 18刷｜2024 年 2月 20 日 定價｜NT$340

你延緩了我的時間